몸빛
만찬
사라ㅈ

임은희 소설

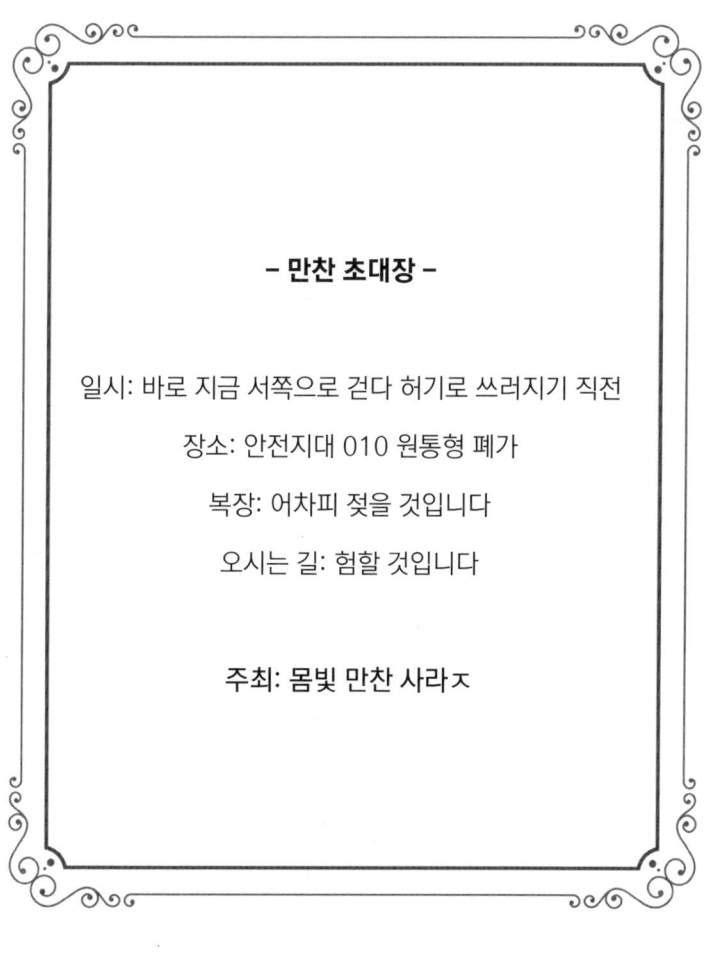

– 만찬 초대장 –

일시: 바로 지금 서쪽으로 걷다 허기로 쓰러지기 직전

장소: 안전지대 010 원통형 폐가

복장: 어차피 젖을 것입니다

오시는 길: 험할 것입니다

주최: 몸빛 만찬 사라ㅈ

만찬 초대장	5
시점	9
쓸모 있기	13
두고두고 되씹게 되는	25
흩어져 하나 되다	37
닫힌곡선	43
첫 피실험자	68
죽음 앞의 말	70
생의 질	84
꺼지려 켜진 불	87
시간 그물	103
돋을새김된 죄	107
단꿈에 빠진 아홉 숟가락	120
특이 손상	125
끝마저 지워질 끝	133
냉장고에 보관된 고래	135
천사의 자전거 타기	150
검게 먹혀든 거울	155
같이 보고 싶어	164
멈추고 숨을 골라야 할 순간	169

무엇과 겨루고 있니	186
나를 위해 너를 씻기다	190
부패 그 본연한 흐름	195
제자리걸음의 방향	200
두려움을 나눌 존재	207
어긋난 제구실	214
나도 모르는 나의 꼬리	220
눈 맞기	224
취한 폐가	229
잃었기에 만나는	232
호수의 제안	239
무거운 발 가벼운 머리	241
손님 감상	246
길 잃은 자를 위한 식탁	253
은빛 만찬	262
은비버섯의 여행	271
통과	283
잠	294

시점

막다른 골목 끝에 두 아이가 선다. 녹슨 책상 서랍에서 한 아이가 책을 꺼낸다. 김치 국물에 젖어 맞붙은 종이를 조심히 뗀다. 똑같이 생긴 다른 아이가 얼룩진 첫 장을 나지막이 읽는다.

"바람이 멎어 물결이 잦아드니 연못에 인간이 비칩니다. 잠잠해지니 비로소 보입니다. 빨간 새끼 금붕어가 헤엄쳐서 얼굴이 흐트러지자 인간은 화가 치밉니다. 손으로 금붕어를 잡아 올립니다. 오므려 쥔 인간의 손에서 금붕어는 숨이 끊깁니다. 태양과 바람과 눈과 비와 땅을 품은 금붕어가 죽습니다. 그렇게, 금붕어를 만든 그 모두를 인간은 동시에 죽였습니다."

서랍마다 쓰레기를 토하는 책상에서 아이들이 뒷걸음친다. 한 줄기 바람이 불어와 찢긴 표지를 탁 덮자, 아이들 눈에 "찬 사라ㅈ" 찢긴 글자가 맺힌다. 지린내 나는 깨진 보도블록을 말없이 굽어본다.
두 아이는 서로 다른 각도와 거리에서 아빠의 마지막 모습을 기억한다. 한 아이는 자신의 발치에서 수직으로 내려다보이던 아빠를, 또 다른 아이는 멀리서 비스듬히 보이던 아빠를 떠올린다. 지난 성탄 전야에 본 아빠를 제각기 더듬어 나간다. 깡깡 언 후밋길 바닥에 코를 박고 엎어져 있던 그에게 과연 살려는 의지가 미약하나마 존재했을지, 혹시 그가 살려달라고 발버둥 쳤는데도 자신들이 외면한 것은 아닌지, 둘은 판단이 안 선다. 하다못해 손이라도 보였더라면, 손가락이 미세하게 떨렸는지 어쨌는지 어렴풋이 그려질지도 모른다. 그러나 어디서 주워 입었는지, 손끝까지 푹 덮는 진회색 외투를 껴입고 있었다. "아, 또 빡돌게 하네. 내 오늘 제대로 밟아 주지!"라고 버릇처럼 내쏘던 입마저 보이지 않았다. 바지나 신발과 어울리지 않게 외투의 질이 무척 좋아 보였음을, 한 아이가 상기한다. 그 부조화를 보면서 든 생각이 아빠의 잔상보다도 또렷이 되살아난다. 그런 값비싼 외투를 거리낌 없이 내버린 아저씨라면, 적어도 어린 자식들을 굶기진 않으리라고, 적어도 배곯은 자식들을 쥐어팰 일은 없으리라고 생각했다. 그날 아빠에게서 조금 더 떨어진 거리에 있어서였을까, 다른 아이는 문득 자각한다. 이것이 지금껏 자기가 기억하는 유일한 성탄 전야의 풍경임을. 그리고 고모 입이 떠오른다. 강력 접착제로 붙인 듯이 늘 앙다문 입. 그 무거운 입으로 모처럼 흘린 말을 아이가 곱씹는다. "앞으로 너희는 해마다 겨울만 되면 그 기억에 시달리겠지. 성탄절이 없는 나라로 떠나지 않는 한." 그날 아빠가 만취했음은, 나중에 경찰이 할머니한테 알리지 않았더라도 알 수 있는 사실이었다. 정신이 말똥한 아빠나 할머니를 아이들은 본 적이 없다. 빈 술병을 자신의 명줄처럼 움키고 해롱해롱하는 할머니에게 경찰은 스무 번도 넘게 설명했고, 둘은 눈만 샛말갛게 깜짝이며 침묵했었다. 닳아 빠진 양말 바닥처럼 올이 엉성하던 그날의 심상들이, 째깍째깍, 초에서 분으로 시로 날로 시계의 톱니바퀴가 마모될수록 아이들 머릿속에서 치밀해진다. 그러며 아이들을 빈틈없이 장악하기에 이른다. 이제 둘은 더 이상 생각의 주체가 아니다. 과거로 직조된 피륙에 갇힌 두 오라기의 실에 불과하다.

무겁고 척척한 실로 엮인 그 직조물을, 지금 이 각도 이 거리에서 보는 검은 눈이 깜빡깜빡 닫혔다 열린다. 삐죽한 턱수염을 주먹으로 쓸자 입과 코가 쑤욱 내밀린다. 귀가 곧게 서고 꼬리뼈가 달아오른다. 퇴화인지 진화인지 모를 뜨거움을 감각한다.

쓸모 있기

붉은 열매 한 알이 내 곁으로 떨어져.

나무에서 메마르고 가냘픈 소리가 흩어져.

이것이 너에게 주는 마지막 먹이라고.

터진 열매의 녹진한 즙이 땅으로 스며들어. 달콤하다고 느끼는 순간 얼핏 손 하나가 떠올라. 아직 숨구멍도 완전히 닫히지 않아 말랑한 내 머리에서 몇 올씩 털을 잡아 뽑던 손. 내 머리가 피범벅이 되고 비명이 메아리치는 가운데, 작은 술잔에 내 눈물을 받던 손. 검고도 앙상한 거미 같던 노인의 손.

얼굴까지도 거미처럼 생긴 노인은 거대한 고목 앞의 제단에 그 잔을 바쳤어. 내 눈물이 찰랑이는 잔을.

둥!
둥!
나직한 북소리에 맞춰 내 자그만 심장도 동동 박동했었지. 간간이 짤랑이는 방울 소리에 머릿속이 혼미하게 일렁였어. 끝없이 피어오르는 향냄새로 속이 뉘엿거렸어. 그때껏 걸음마조차 떼지 못한 나는, 발가벗겨진 몸을 뒤틀며 발악했어. 한때 내게 젖을 줬던 여인은 양팔을 하늘로 치켰어. 작열하는 태양에 양팔이 결박된 모양새로 고개를 젖히고 있었지. 다른 사람들과 더불어 미친 듯이 주문을 외느라, 나 따위는 안중에도 없었어. 내가 바둥거려 봤자, 다 부질없는 짓이었어. 나는 제단 앞의 희디흰 너럭바위 위에 얹혀 있었고, 내 사지를 장정 두 명이 틀어쥐고 있었으니까. 하나같이 준엄한 표정을 지은 탓에 그들은 똑같은 가면을 쓴 것처럼 보였어. 정교히 세공된 가면. 절대로 표정이 바뀌지 않는 얼굴. 감정을 들킬 염려가 없는 차갑고 안전한 얼굴.

빛

.

.

.

장정들과 노인이 서 있는 틈새로 언뜻언뜻 햇빛이 떨어졌어. 하늘의 몸빛이 내 알몸에 불화살이 되어 내리꽂혔지.

마침내 내게서 더는 뽑을 머리털이 없어졌어. 그러고 나니 노인은 침착하게 다음 절차에 들어갔어. 내 손톱을 하나하나 매우 천천히 뽑았지. 그럴 적마다 내 두 눈이 쏟아 낸 뜨거운 물을 그는 규칙적으로 술잔에 받았어. 한 방울이라도 흘릴세라 조심스레 받았지. 바위에는 내 눈물로 그득한 잔들이 조르르 놓여 갔고. 어느덧 손톱이 차례로 내 몸에서 완벽히 분리됐어. 그러자 노인은 서슴없이 발톱도 같은 방식으로 자분자분 제거하기 시작했어. 어김없이 눈물도 받았지. 오로지 그것이 그의 목적이었으니까.

눈물

영악한 노인은 눈물을 얻고자 쉬운 길을 택했지.

까다로운 감동이 아닌 간편한 자극.

사람들의 간절함을 담은 주문 소리가 노인의 사기를 북돋았어.

예정된 단계를 그가 모쪼록 무탈히 밟게끔 도왔지. 열렬한 주문 소리에 힘입어, 노인은 당당하고도 진득이 나머지 발톱들마저 뽑아 나갔어. 나는 온몸으로 간구했어. 어차피 뽑을 거라면, 뜸 들이지 말고 제발, 제발 단번에 뽑아 달라고. 하지만 눈물을 되도록 많이 받아 내기 위해서는 무엇보다 속도가 중요했겠지. 뽑는 속도가 느려야, 고통의 세기도 지속시간도 늘어날 테니까.

내가 빠르작빠르작하며 애걸한들, 그 무리에서 내 마음을 읽을 수 있는 자는 없었어. 보이느니 무신경하고도 욕심스러운 인간들뿐이었어. 나처럼 무르고 자그만 존재의 안위는 그들에게 중요하지 않았으니까. 나라는 존재는, 그들이 허기를 달래려 무심코 씹어 삼키는 한갓 애벌레나 다름없었으니까. 아무리 꿈틀대도 무감정하게 짓씹을 수 있는 존재.

사람들의 절대적인 지지를 등에 업고, 노인은 내게서 눈물을 한 방울도 남김없이 얻었어. 마른 눈을 까막거릴 적마다 유리 가루를 퍼부은 듯 쓰라렸어. 눈알이 모래사막을 구르는 느낌이었어. 손톱과 발톱이 각기 열 개인 줄 그때야 깨달았고, 그토록 많다는 사실이 원망스러웠어. 그들에게 내 머리털과 손발톱의 쓸모란 고작 그것이었지. 눈물을 거둬들이기 위한 편리한 수단. 그들의 머리와 손의 쓸모는 나를 알뜰하게 착즙하는 데 있었고.

착. 즙.

내가 거의 넋을 잃은 바람에 눈물을 흘리지 않자, 노인의 낯에 팬 무수한 고랑이 일제히 비틀렸어. 찌푸려진 이맛살에 낙심의 빛이 번졌어. 기대에 못 미치는 양이었던 거지. 그러나 실망하는 것도 잠시, 무슨 생각이 용솟았는지 노인의 뿌연 눈알이 희번덕였어. 곧이어 내 몸에서 다른 액체를 탐했고.

그들에게 쓸모 있는 액체.

노인의 상상력은 어찌나 무궁무진한지, 내 몸을 이루는 요소마다 손쉽게 제물로 탈바꿈시켰어. 일말의 망설임도 없이 내 관자놀이에 쇠꼬챙이를 쑥 꽂았어. 놀라우리만치 깔끔히 구멍을 뚫었어. 순간 널브러졌던 나의 넋이 그 구멍으로 집결되며 외마디 소리를 질렀어. 그래 봤자, 누구의 마음도 흔들지 못할 무용한 소리를. 내게서 빠져나간 따뜻한 피를 노인은 덤덤히 단지에 담았지. 비릿한 열기와 격통이 짙은 구름이 되어 내 얼굴을 휘감았어.

둥둥둥둥!
북소리가 빨라지고 단지가 차오를수록 나는 식어 가고 점점 희미해졌어. 투명하고 가벼운 기체가 되어 퍼지는 느낌이랄까. 맹독한 주문의 물결 속으로 너울너울 퍼져 나가는 그런 기분이었어. 한데 이상했어. 그러면서도 춥다고 느꼈어. 몹시 춥다고.
검질기게도 감각은 나를 놔주지 않았어. 생과 사가 맞닿아 자아내는 질감을 고스란히 느껴야 했지. 생의 질감도 제대로 맛보지 못한 나어린 상태에서 말이야. 착즙의 시간이 길어지고 정신이 몽롱해지니 추위도 흐릿해졌어.
사람들이 주문을 되뇌는 소리가 드높아지고 제사 의식이 무르익자, 기다렸다는 양 장정들이 내 몸을 가만히 들었어. 방향을 바꿔 다시 바위 위에 얹었어. 머리의 방향이 틀어지는 순간, 흐리멍덩하던 의식이 비정하게도 번뜩 되돌아왔어. 그들에게 나는 여전히 쓸모가 있었기에 깨질세라 신중히들 다뤘지. 동작마다 얼마나 느린지 공포는 배가됐어. 등과 볼기로 바위의 거칫함과 뜨거움이 새로이 파고들었어.

마치 새로운 고통을 예고하듯이.

등으로 스미는 열기와 무관하게, 몸 안에 들어앉은 한기로 오르르 떨렸어. 그런 나를 장정들은 보다 단단히 고정했어. 내 손목과 발목을 잡쥔 손에 그들의 무게가 송두리째 쏠렸어. 그 행위는, 이어질 고통의 강도를 예측하게 했지.

독

촉

독이 잘 발린 화살촉 같은 노인의 시선이 나를 내리쐈어. 기필코 과녁에 맞히겠다는 한 인간의 열망이 실린 눈이었지. 그 눈빛만으로도 내 몸은 타들어 가는 것 같았어. 모두를 대표하는 노인이 실수라도 해서 일이 삐그러지지 않게끔 모두가 쉼 없이 주문을 되풀이했어. 그 소리를 통해 그들의 속마음이 내게 똑똑히 읽혔어. 그들의 속살이 무섭도록 똑똑히 보였어.

독을 품은 속살이.

내 몸의 즙을 짜는 곳으로부터 꽤 떨어진 곳의 광경이 뇌리에서 깜박였어. 멀다면 멀고 가깝다면 가까운 미래에 생겨날 인간이 설핏 형체를 드러냈다 아득해졌어. 무표정한 가면을 쓴 수천수만의 인간들이 합쳐지더니 새로운 형태의 인간으로 화했어. 굵은 바퀴들을 기다랗고 굳센 띠로 이어서 두 다리를 만들었어. 그 무지막지한 다리로 진창이든 눈길이든 거뜬히 돌파했어. 자신이 원하는 목표물을 단방에 터뜨릴 물질을 꿩! 꿩! 가슴에서 쏘아 댔어. 강철판으로 온몸을 덧씌운, 오직 욕심의 화염만을 심장에 품은 인간이었어. 그런 자들이 그곳에는 넘쳐 났어. 나 따위는 아무렇지도 않게 짓뭉개고 지날 차디찬 인간. 자신과 자신 밖의 존재를 살벌하리만치 명확히 구분해 아귀아귀 검은 뱃속을 채우는 인간. 그런 능력을 무한대로 키우는 인간.

쩍!

내 몸에서 소리가 났어.

능란한 손놀림으로 노인이 내 가슴을 활짝 연 거지. 완급조절에 그를 따를 자가 또 있으려나. 실로 기막힌 손동작이었어. 묘한 일이지. 가슴이 열리자, 답답하던 가슴이 한층 막혀왔어. 사람들의 염원으로 똘똘 뭉친 공기가 밀려들었어. 혼탁한 기운으로 내 몸이 채워졌어. 그들은 얼음덩이 같았어. 고통으로 일그러진 내 얼굴을 굽어보면서도 냉담할 따름이었지. 열린 가슴을 보면서도, 주문을 읊느라 여념이 없었어. 그러지 않으면, 보고 싶지 않은 진실이 드러날까 봐 아슬했는지도. 자신들이 성스럽다고 믿고 행하는 의식이 혹여 흉악한 죄로 변할까 봐.

거미 같은 노인은 서릿발이 선 눈으로 나를 응시했어. 엄숙함도 연민도 없이 그저 계산속만 빨라 보였어. 급기야, 팔딱이는 내 심장을 간단히 꺼냈어. 어찌나 엄밀하고 노련한지, 일순간에 내 몸은 심장과 분리됐어. 그 짧은 동안 나는 안도했어.

이제, 아무것도 느끼지 않으리라고.

다, 끝났다고.

하지만 여전히 아니 더더욱 고통스러웠어. 도무지 이해가 안

갔어. 그렇게 혼돈 속에서 날카로운 통증과 싸우는데 휑……
난폭히 메아리치던 주문 소리가 일시에 멎었어. 온몸의 핏줄을 사방팔방에서 매운 손들이 잡아당기는 것 같았어. 팽팽한 긴장만이 그득했어. 실바람 한 점만으로도 탁 끊길 긴장. 음산한 정적 속에서 노인은 득의양양한 미소로 이글거렸어. 나를 번쩍 쳐들었어. 도마뱀 허물처럼 너덜너덜한 나를 자랑스레 하늘에 보였어.

그렇게 하늘과 내가 정면으로 마주했지.
하늘과.
태양이 외눈처럼 박힌 하늘과.
속 좁게 나 같은 아기나 욕심내기에는 하늘은 너무도 커 보였어. 끝도 없어 보였어. 태양 같은 뜨거운 덩어리까지도 너그러이 품은 하늘은, 그딴 모진 짓이나 일삼는 인간들한테 오히려 벼락을 내릴 듯싶었지. 그런데도 노인은 하늘의 소리에 귀 기울이지 않았어. 나를 있는 힘껏 내던졌어. 고목 뒤로 힘없이 흐르는 강에. 물이 줄어서 바닥을 거의 드러내다시피 한 누런 강에. 원컨대, 비를 내려 달라고 부르짖으면서.

그 순간에도 몸의 파열과 물의 흐름을 느끼는 것의 정체가, 대체 그게 무엇인지가 의아했어. 이미 발기발기 찢기고 뜯겨서 형체도 분간이 안 되는 그야말로 육신이라기도 뭣한 고깃덩이가 어떻게 그리도 선명히 느낄까 하고.

몸을 파고드는 강물과 어느덧 하나가 됐어.
그리고 나서야 물의 술렁임이 차차 희미해졌어. 웅대한 하늘은 나를 품은 강물을 포근하게 덮눌렀어. 그렇게, 내 흐릿하던 감각마저 지워 줬어.

약속……
하늘이 흩뿌리던 말……
강이 일렁이던 말……
그때 들은 강과 하늘의 약속을 내 몸은 기억하지 못해.
강도 하늘도 똑같은 뭔가를 약속해 줬는데 말이야. 지금의 내 몸은, 그 순수한 연민이 어린 파동만 오련히 간직하고 있을 뿐이지. 나는 그런 엇비슷한 방식으로 죽고 태어나기를 일곱 번 반복했어. 그러면서 알게 됐지. 언젠가 어뜩 보았던 그 인간의 다리는 무한궤도로 불리며, 가슴에서 분출하던 덩어리는 포탄으로 불린다는 사실을. 그걸 알게 되던 순간, 그 시점에서 머지않은 미래가 퍼뜩 스쳤어. 빛나는 손바닥을 지닌 존재들. 천명에 순종하듯 일률적으로 손바닥만 들여다보는 인간들. 그들의 시간이 쨍하게 빛을 발하다 어둑해졌어.

이번이 여덟 번째 생이야.
물론 내가 아는 것만 그만큼이라는 뜻이겠지. 그 시간을 상기하기는 이번이 처음이야. 엎치락뒤치락하던 기억은, 간혹가다 내 몸이 붉은 열매의 달콤한 즙을 흡입할 때마다 정제되곤 해. 불순물은 사라지고, 반복적인 일곱 생만이 또렷이 의식 속에 남아. 어째서일까, 이번만 견디면 되리라는 예감이 들어. 그러나 이번에는 어떤 형태로 어떤 쓸모로 태어난 것인지 아직 모르겠어.

두고두고 되씹게 되는

코가 붉다.

얼핏얼핏 뺨이 빛난다.

감긴 눈에서 물이 흘러내린다.

지하철의 긴 좌석 중앙에 어린 여자아이가 고개를 반듯이 세우고 앉아 눈물짓는다. 바로 맞은편에 방금 착석한 윤오는 의문스럽다. 교실에서 예의 2교시 수업을 받고 있어야 할 아이가 왜 여기에서 저러고 있는지. 더구나 저 나이에 눈까지 감고 소리도 없이 울다니.

하도 조용히 우는 나머지, 아이 양옆의 승객들조차 눈치채지 못한다. 긴 흑발을 얼굴에 휘장처럼 드리운 여자는 긴 다리를 내뻗고 깊은 잠에 빠졌다. 반바지 아래로 허벅지를 드러낸 근육질의 청년은 손바닥 크기의 휴대전화에 빠졌고. 딴 세계에 빠진 둘 사이에 아이가 책갈피처럼 껴 있다. 윤오가 머리를 갸웃한다. 워낙 아이가 가늘어서, 있는 줄도 모르고 들 앉은 것인지.

이 순간 이곳에서 너구리가 저러고 있다면 분명 다들 호들갑을 떨겠으나, 아이는 너구리만큼 이목을 끌진 못한다. 아이가 퍼뜨리는 냄새에 단지 몇몇이 큼큼대며 미간을 구기는 게 전부다. 윤오 쪽에 앉은 이들 역시 판에 박은 듯이 휴대전화를 보느라, 우는 아이에게까지 눈길을 줄 여유가 없다. 차에서 잔글씨를 보면 멀미가 나는 터라 그나마 윤오가 발견하긴 했다. 그렇지만 이런 상황에서 어떡해야 좋을지 막막해할 뿐이다.

불편함으로 그는 평정을 잃어 간다.
게다, 바로 왼편 승객의 젖은 머리가 다디단 과일 향을 분사한다. 굼틀굼틀 붉은비단뱀이 되어 그를 칭칭 감는다. 끈적한 과즙으로 온몸이 질펀해진다. 오른편의 노인까지 입안에서 왕사탕을 떨걱떨걱 돌린다. 이따금 주름진 입을 짭짭댈 적마다, 입내에 버물린 지독히 단내가 쏟아진다. 자기 귀에다 노인이 축축한 혀를 밀어 넣고 휘젓는 느낌에 움칠한다. 윤오 목구멍에서 쌍욕으로 뭉친 돌주먹이 불끈거린다. 입 밖으로 주먹이 내솟기 직전이다. 자기도 모르게 노인의 뽈록한 뺨을 훅 내갈길 것만 같아, 또다시 손끝을 씹는다. 열세 달 동안 잘근대서 이미 빨개진 손끝을. 그렇다고 자리를 박차고 일어서기엔 갈 길이 멀다.

이번 역은 환승, 환승역입니다.

부디 낙하하지 마시고 환승하십시오.

내리실 문은 오른쪽입니다.

아내 목소리를 닮은 기계음이 그의 뇌리에 맥없이 울린다.

문이 열린다.

이 노선에서 윤오가 제일 길게 느끼는 구간. 가장 짧을지언정 가장 긴 구간이 시작될 역에 다다랐다. 환승역이건만 아무도 싣지도 내보내지도 않고 문이 싱겁게 닫힌다. 그리고 그는 습관처럼 그날을 회고한다. 엉뚱하게도 그날 아내는 환승하지 않았다. 바로 저편 승강장에 섰다. 이편 승강장에 서 있던 그를 무연히 건너봤다. 드물게도 당시 안전문이 미설치된 역은, 부부를 투명히 마주 보게 했다. 거의 반년 만에 부부는 똑바로 맞보았다. 그가 입 모양으로 왜? 하고 물으며 한 손을 쫙 펼쳤으나 아내는 반응하지 않았다.

그저 그를 봤다.

그때 그에게 아내는 빈 설탕 통처럼 비쳤다.

다시 채우고 싶지 않은 통.

그의 삶에서 무엇으로 기능하는지 영 모호해진 존재.

예정된 시간에 맞춰 열차가 다가오는 소리가 커졌고 곧이어 아내는 바로 코앞의 더 낮은 땅으로 낙하했다. 이편과 저편에서 동시에 악! 비명이 터지는 가운데, 그 홀로 가영아!를 외쳤다. 둘이 함께 살던 25층 아파트를 두고, 왜 하필 아내가 거기서 떨어지길 택했는지 그는 늘 곱씹었으며 늘 같은 결론에 닿았다.

바로, 이러라고!

어설피 손질돼서 씹고 또 씹어야 하는 섬유질처럼, 그의 혀에 뇌에 질기게 남아 거치적대려고. 정면에서 죽음을 직시하며 이름까지 소리치게 하다니!

그 순간들이 냄새마저 명료하게 떠오른다. 곁에서 내뿜던 인공적으로 단 꽃 냄새가 형체를 지녀 간다. 유리병 깊숙이 들러붙어서 푸른곰팡이가 핀 음식 찌꺼기로 그 냄새는 그려진다. 무슨 수를 쓴들 죽일 수 없는 시간이다. 끈질기게 그의 뇌를 거머쥔 채, 과거로 남기를 한사코 거부하는 시간.

아이도 저편도 눈에 껄끄러워 윤오가 눈꺼풀을 내린다. 역을 떠도는 비릿함을 들이마신 열차가 서너 번 덜컹인다. 몸체를 푸르르 떨며 겁에 질려 내달리자, 잠시간 승객들이 영문도 모르고 흔들린다.

눈을 감아도 소용없다.

이 역을 지날 때면 으레 하는 질문을 그는 기어이 또 한다. 그날 아침 자기가 그런 말을 하지 않았더라면, 그랬더라면, 아내가 보란 듯이 철길에 몸을 내던지는 일은 없었을까? 하고. 아내가 세상 저편의 열차로 환승한 지 열세 달이 가도록 답이 나오지 않는 물음. 자동적으로 되뇌는 물음이다.

물음의 무게가 어제보다 한 큰술가량 가벼워졌다고 느낀다. 아내가 죽은 이후로도 이 노선을 줄곧 이용해 왔으며, 잇새에 낀 셀러리같이 얼마간 언짢아할 따름이다. 이 구간만 지나면 곧바로 증발하는 이물감이다. 다른 데 주의를 기울이면 이내 묽어지는 농도의 거북함. 그러므로 다른 방향으로 생각을 튼다. 이번 일요일에 식당을 열어 보고, 일을 접을지 말지 결정하겠다고 마음먹는다.

그건 냄새 때문이다.

아내가 죽고부터였다.

어쩐지 자신이 짓는 음식에서 죽음의 냄새가 난다고 그는 느낀다. 망자가 먹고 난 음식처럼 죽음이 깃든 것만 같다. 먹어도 먹어도 허기가 가시지 않는다. 포만감은커녕 허탈감만 든다. 어떤 때는 이런 의구심마저 든다. 그런 음식을 두고 아무런 불평도 없는 손님들 역시, 자기 눈에만 보이는 망자들이 아닐까 하는.

이제 식재료를 하나씩 더듬는다. 그의 마지막 요리가 될지도, 참신한 시작점이 될지도 모를 요리. 그에 적절한 재료를.

그의 온 감각기관을 통해, 이미 수십 년에 걸쳐 낱낱이 갈래지어 놓은 재료를.

녹녹한 재료, 빠삭한 재료, 겉은 보송하나 수분을 가득 품은 재료, 겉은 단단하나 속은 연한 재료, 겉은 무르나 속은 딴딴한 재료, 겉과 속이 균일한 재료, 질긴 재료, 쫀득한 재료, 깔끄러운 재료, 미끄덩한 재료, 폭신한 재료, 껍질이 두꺼운 재료, 껍질이 없는 재료, 껍질째 먹는 재료, 껍질은 식용 불가능한 재료, 익숙한 재료, 생소한 재료, 손질하기 불편한 재료, 먹기 불편한 재료, 소화하기 힘든 재료, 소화를 돕는 재료, 시간이 흐를수록 맛이 깊어지는 재료, 쉬 상하는 재료, 오래가는 재료, 보기 좋은 재료, 보기 흉한 재료, 장식용으로나 알맞은 재료, 홀로 도드라지는 재료, 다른 맛을 뒤받쳐 주는 재료, 값비싼 재료, 값싼 재료, 귀한 재료, 흔한 재료, 금방 물리는 재료, 쉬 질리지 않는 재료, 곧 잊히는 재료, 얼른 잊고 싶은 재료, 두고두고 되씹게 되는 재료, 있으나 마나 한 재료, 없어도 그만이나 있으면 좋은 재료, 딱히 좋지도 싫지도 않은 재료, 흥분시키는 재료, 진정시키는 재료, 무독한 재료, 유독한 재료, 해로우나 끌리는 재료, 이로우나 꺼리는 재료, 자신과 닮은 재료, 아내와 닮은 재료…….

상냥한 기계음이 이번 역을 알린다.
항상 그러듯 윤오가 이 역에서 다시 눈을 뜬다. 순간 어른들 틈에서 가만히 빠져나오는 아이를, 어쩔 수 없이 본다. 잠에 빠진 여자와 휴대전화에 빠진 남자의 볼기가 철썩 접착된다. 한 접시에 놓인 음식처럼 끈끈한 유대와 조화를 이루며 싱싱한 기운이 폭발한다. 두 인간 사이에 있어도 없어도 표 나지 않은 아이. 그 얇은 아이가 문 앞에 바투 선다. 걸음걸음이 남긴 더러운 물 자국이 완만한 곡선을 이루며 발 뒤에까지 이어졌다.
작디작은 발이다.
그는 가늠한다. 아티초크 꽃봉오리보다도 작다고. 15센티도 안 되겠다고. 찜기에 족히 네 개는 들어가겠다고. 아이가 걸친 옷이 이제야 그의 눈에 거슬린다. 봄이 지난 게 언젠데 겨울옷을…… 생각에 잠기려다 흠칫 머리를 턴다. 공연히 찜찜해지긴 싫다. 생각이 깊어지지 못하게, 되는대로 매듭짓는다. 쟤는 지난겨울 눈길을 쏘다녀서 운동화가 저토록 젖었을 거라고. 이윽고 문이 열리고 아이가 문을 지나고 그는 뒷모습을 멍하니 바라본다.

문이 닫힌다.

아이와 윤오, 둘 사이에 튼튼한 벽이 생긴다.

심리적 안정감을 제공하는 물리적인 벽.

덕분에, 아무것도 하지 않는 자신을 두고 절절매지 않아도 된다. 그가 지나야 할 거북한 구간이 끝났음에 마음을 놓는다. 아이가 열차에 남긴 마지막 발자국에 물이 흥건하다. 털거덩! 신음을 억누르며 열차가 아이에게서 멀어진다. 잿빛 물이 쭈르륵 퍼진다. 윤오 눈동자가 점차 짙어진다. 아내가 타던 마실용 삼발이 오토바이. 그걸 사려는 여자는 어떤 사람일지 상상한다. 전화기 너머로 들리던 음성을 되새긴다.

깨끗한 유리.

세 개의 각.

칼끝.

투명하고 날카로운 직각 삼각자처럼 느껴지던 미지의 여자를 그린다. 가느스름한 입술, 깨끗한 혀, 송곳니가 순백색 접시에 소묘된다. 새 메뉴를 구상하듯 쓱쓱. 그러며 자신의 과거와 현재를 열차에 싣고 다음 구간을 지난다. 기어코 또 내일의 어제가 될 오늘을 통과한다.

승객들의 각기 다른 시간을 담고 열차가 힘겹게 속도를 높인다.
오늘따라 과거에 얽매인 승객이 많아 전진하기가 어렵다. 낡은 라디오의 바늘이 주파수를 찾듯, 사람들은 과거의 여러 지점만 서성인다. 선뜻 과거에서 발을 떼지 못하고들 있다. 심지어 71년 전에 저지른 과오로 허덕이는 자가 탔다. 그것도 마지막 칸의 맨 뒷자리에. 그녀가 헤어나지 못하는 죄악감에 짓눌려, 애꿎은 열차만 낑낑댄다.
상자를 걸머진 노파가 좌석에 겨우 걸친 궁둥이를 들썩인다. 지팡이 같은 몸을 일으키자, 해진 점퍼 주머니에서 녹색 칫솔이 떨어진다. 녹색 꽃대에 희누런 꽃이 활짝 폈다. 메마른 손이 플라스틱 꽃을 주워 담는다. 인생의 명암이 86년간 응축된 눈동자로 주위를 흘끔한다. 찌든 때와 피로를 품은 점퍼가 깊고 쓸쓸한 냄새를 토한다. 살림살이 전부가 담긴 상자. 그 물체에 어깨끈처럼 꿰인 노끈을 노파가 바짝 모아 쥔다. 퍼런 비닐봉지로 질끈 묶는다. 71년 전, 제대로 묶지 않아서 풀린 매듭을 이번엔 확실히 짓듯이. 풀린 목줄만 남기고 바둑이가 세상을 뜨지 못하게 하려는 듯이. 또다시 꽉 묶는다. 열 개의 복슬복슬한 까만 점이 노파 가슴속에 바둑무늬를 만든다.

이렇듯 과거로 침잠하는 승객이 많을수록 열차는 운행에 타격을 받는다. 현실을 뚫고 나가기엔 힘이 부친다. 열차 또한 과거에 발목을 잡힌다.

자신의 의지와 상관없이 짓이긴 여인.

그 여인의 잔영을 열차는 여태 떨치지 못했다. 좀 전의 환승역을 오늘도 몇 번이나 더 지나야 하는 사실에 몸서리친다. 문뜩문뜩 감촉되는 그녀의 질감에 기겁한다. 결코 무뎌지거나 닳지 않는 기억이다. 시간이 갈수록 되레 견고해지는 기억에 더는 부대끼기 싫다고, 어서 폐차됐으면 좋겠다고 열차는 소망한다. 기억으로부터 달아나고파도, 궤도를 한 치도 벗어날 수 없음에 통탄한다. 무궤도한 인간들이 만든 이 궤도만 거듭 달려야 한다! 그리고 회상한다. 자신처럼 25년을 달리다가, 종국엔 빈번한 고장으로 폐차된 동료 열차를. 쓸

만한 부품은 다른 열차에 깡그리 내준 뒤, 껍데기만 카페로 변신했다. 완전한 죽음을 누리지 못했다.

불완전한 죽음……

열차는 죽음의 방식과 질에 몰두하기 시작했다.

여인과 격돌하고부터.

곤두박이는 여린 몸을 자신의 딱딱한 몸체가 무자비하게 조각낸 시간. 그 시간에서 놓여나고자 열차는 해체되기를 꿈꾼다. 카페나 박물관 따위로 덕지덕지 치장한 채로 덧없이 자신의 허물이 보존되지 않기를 꿈꾼다. 갈가리 뜯긴 부위마다 제철소에서 뜨겁게 녹아 재생 철로 환생하기를, 재생 불가한 부위는 폐기물이 되기를, 열차의 형태나마 완벽히 잃어서 영혼이나 기억도 산산이 흩어지기를 갈망한다.

흩어져 하나 되다

무언지 모를 떨어짐 부딪침 뭉개짐의 느낌이 흐늘거린다

무언지 모를 쇠의 맛 피의 맛이 눅진하게 엉긴다

무언지 모를 쇳소리 비명 외침이 엷어진다

입에 익은 말과 입에 선 말이 뒤얽힌다

헌 시간과 새 시간을 뒤얽는다

그리하여도 홀로 남는다

마지막 소리가

가영아

이러한 나의 안에서 밤사이 몸부림치다가 죽은 날벌레들이 바사삭한 과자가 되었다. 동이 트기가 무섭게 푸른 새들이 들이닥쳐 빠짐없이 핥아 삼키었다. 싱그러운 물기를 머금은 공기가 휘불어 와서, 나의 몸에 서린 오랜 거미줄을 모조리 걷어내었다. 그러함을 나는 온몸으로 보았다. 마치 온몸이 눈인 듯이 아무러한 경계도 없는 시점으로. 더욱 깊이 보려 들자, 보이는 것과 내가 한데 뭉치려 들어 어쩔하였다. 온통 보일락 말락 하는 것이, 대상과 나 사이에 아스라이 걸쳐진 느낌이다.

드디어 나는 다소 깨끗해졌다.

아직 호수는 보이지 않으나, 이 방향이 아닐지도 모른다는 의심이 비로소 수그러든다. 단연코 촉촉지근한 바람이었다. 나는, 가던 방향으로 걸음을 이어 간다. 걸으면 걸을수록 어찌하여서인지 생각이 그 차지고도 끈끈하던 성질을 잃고 늘어질 대로 늘어지어 줄줄 흘러내린다.

이러하게 들었다.

아무러한 탐심 없이 모든 존재가 각자의 구분을 허물고 함께 호흡하므로 그곳은 안전하다고. 어떠한 위험도 도사리고 있지 않다고.

색을 입히기도 색을 관조하기도 즐기는 하늘은, 자그마한 호수에 항시 자신의 몸을 담근다. 호수를 잔잔하게 화려하게 또는 장엄하게 물들이며 시간을 보낸다. 담소를 즐기는 햇살은, 때로는 은밀하게 때로는 호탕하게 나뭇잎들과 대화를 나누며 땅 깊숙이로 흘러든다. 그러하게 태양의 뿌리를 가없이 넓혀 나간다. 전언을 즐기는 바람은, 호수를 에두른 산의 소식을 싸안고 반대편 숲으로 날아가서 전한다. 그리한 뒤에, 숲의 향기로운 소식을 끌어안고 다시금 산으로 떠난다. 바람이 비취색 물고기에게 초승달의 연서를 전할 때면 호수는 발그레해지며 쑥스러워하기도, 황금빛을 발하며 환희하기도 한다. 자신의 찰랑거리는 몸을 통하여, 물고기의 심경을 오롯이 초승달에게 내보인다. 그리하면 초승달은 안심한다. 훗날 또 찾아오리라 기약하고는 몸을 서서히 부풀리며 기나긴 여로에 오른다.

그러하게 호수에 하늘이 담기고, 대지에 태양이 머물고, 형체 없는 바람의 품에서 서로서로 부드러이 꿰뚫는다. 촘촘히 또는 느슨히 낳이하여 그에 만물이 무한한 하나의 몸을 이룬다. 고로 이것이 나라고 우길 만한 테두리가 없다. 그곳에서는 양팔 저울조차 응당 이것과 저것을 가르지 않는다. 왼편에 묵직한 열매를 올리고 오른편에 파삭한 이파리를 올린들 어느 쪽으로도 기울지 않는다.

이러하게도 들었다.
그곳에는 백일 년마다 모습을 드러내는 버섯이 있다고. 무리에서 간택된 딱 하나가 눈에 뜨일뿐더러, 버섯에게 선택된 존재만이 그 형상을 볼 수 있다고. 이름은 은비버섯이라고. 완만히 둥근 은색 갓에서 실비가 내리는 듯하여 언제나 주변으로 은은한 빛이 일렁인다고. 어둠 속에서는 오직 갓만 공중 부양한 것처럼 보인다고. 굉장히 까탈스러워서 반드시 붉은 열매가 주렁주렁한 거목의 그늘에서만 자란다고. 그 거목은 백일 년간 버섯의 달콤한 양분이 되어 준 뒤에 미련 없이 내려앉아 땅으로 스민다고.
고작 반 뼘 남짓한 크기일망정 은비버섯이 이루어 온 공적은 대단하다.

어느 해에는, 갓 새끼를 낳은 불곰이 버섯을 발견하였다. 보름에 걸쳐 찬찬히 뜯어 먹음으로써, 겨우내 쇠한 몸을 회복하였다. 또 어느 해에는, 한 번도 짝짓기에 성공하지 못한 극락조 수컷에게 훌륭한 자양분이 되었다. 매혹적인 울음과 요요한 몸짓을 선사함으로써, 원 없이 암컷들과 사랑을 나누게 하여 주었다. 또 극도로 가문 해에는, 땅에 아낌없이 몸을 흩뜨렸다. 자신이 품은 물을 빨아 마시게 함으로써, 목마른 대지의 목을 축여 주었다. 살진 땅에서 자라난 식물들이, 다 죽어 가던 수많은 동물을 살리게 도왔다.

그리하여 대지와 식물과 동물은 저절로 물과 하나가 되었다. 호수로부터 밀려온 물안개와 하늘이 뿌려 준 눈비를, 버섯은 백일 년간 바지런히 흡수하였다. 그러하게 저장된 물이, 흡사 줄이 끊어진 목걸이의 진주알처럼 곳곳으로 흐트러짐으로써, 필경에는 모두를 하나의 실에 꿴 것이다.

또 이러하게도 들었다.

무릇 모든 약이 어떻게 쓰이느냐에 따라 해를 끼칠 수 있듯이 은비버섯도 예외는 아니라고. 약효가 큰 만큼 독해 또한 어마어마하다고. 버섯에게서 받은 생기를 가령 다른 생명을 해하는 데에 쓰거나, 또는 얻은 생기의 소중함을 망각하고 몸을 함부로 굴리면 어김없이 톡톡한 대가를 치르게 된다. 약의 이로움을 누리지 못하고 독의 해로움을 입어도, 당연히 버섯에게 책임을 물을 수 없다. 버섯을 보고 섭취한 존재의 의지에 전적으로 책임이 있지.
다행인지 불행인지, 억겁의 시간이 흐르는 동안 은비버섯은 인간의 눈에 뜨인 적이 없다. 고로 그 영향을 두고는 아직 전하여진 바가 없다. 은비버섯을 본 최초의 인간은, 결과를 예측할 수 없는 실험의 첫 대상자가 되는 것이리라.

이 모든 이야기를 누구한테서 들은 것일까 하고 묻는 이 순간, 나에게 말을 거는 익숙한 파동을 느낀다. 나의 내면에서 사물사물하는 파동. 나는, 인간인가. 예전에는 그러하였던 것도 같으나 지금은 아닌 것도 같은 것…… 애매하다.

닫힌곡선

스스로 오르고

스스로 오르는

자동계단에 발을 내디딘 민아가 옴찔 물러선다.

젖은 운동화가 찰파닥하며 찬물을 흘린다.

아까까지만 해도 이쯤은 문제없었다. 그런데 이깟 속도마저 두려워지자 다리 힘이 풀린다. 유유히 상승하며 계단은 어서 네 몸을 내게 맡기라고 살살 꼬드긴다. 그 반복운동을 보는데 현기증이 급습한다.

세상이 출렁인다.

꺄우뚱하는 민아 뒤로 헉헉거리며 아저씨가 다가선다. 장애물을 치우듯 민아를 밀치고 냉큼 기계에 몸을 내맡긴다. 심지어 성큼성큼 걸어 오르는 그를 민아가 똥그래진 눈으로 올려다본다. 이 물체는 어떤 사람들의 속도에 맞춰 설계됐을지 궁금해한다. 그러다 고개를 갸울인다. 혹시 이런 속도로 작동하는 계단이 신체 일부인, 엄청난 거인이 존재하는 건 아닐까 하고. 그 몸속에서 자기가 허우적대는 걸까 하고.

활동하지도 유혹하지도 않는 계단.
그 앞에 민아가 선다.
자신의 속도에 맞춰 오르면 되고, 힘이 달리면 언제고 쉴 수 있음에 차분해진다. 그래도 방심하지 않는다. 좀 전의 급작스러운 어지러움을 되새기며 가만가만 오른다. 갈잎으로 만든 계단을 오르듯 걸음마다 신중하다. 고단한 노인의 걸음으로 위태롭게 오르다 멈칫한다. 왠지 평소보다 썩 가파르게 느껴지고 숨이 가빠진다. 이 정도 기울기가 인간에게 적합한지 아닌지 가늠한다. 숨을 고르며 계단을 쳐다본다. 모두, 모두 유연히 오르고 있다. 안전한 계단이다!

그런데 발을 다시 드는 순간 계단이 월커덕 덮치려 든다. 민아가 계단에 웅크린다. 저만큼 오른 뒤에도 또 저만큼을 더 올라가야 한다는 생각에 이르자, 무척 깊은 곳에 있음을 깨닫는다. 이 현실이 무서워진다. 전에 없던 공포다. 계단의 똑바른 가로줄만 보고 있자니, 물음표가 삐죽 돋아난다. 자기만 한 시체를 차곡차곡 쌓으면 몇 명이나 묻힐 깊이일지. 상상에 선과 색과 부피가 생겨나며 거침없이 구체화된다. 서 있는 자리에서부터 주검이 착착 포개진다. 자기 또래 아이들이 쉬지 않고 쌓인다. 시체 더미에 아이들이 갇힌다. 마침내 완성된 높다란 시체 탑을 마주하자 뜨거운 멀미가 회오리친다. 켜켜이 뭉크러진 아이들이 뿜는 기운이 민아 가슴을 때린다. 시신들 틈에 낀 아이 하나가 가녀린 팔을 간신히 뻗는다. 살려 달라고 울부짖는다. 바로 위에 얹힌 시신이 푹석 내려앉으며 아이 얼굴을 짓누른다. 비명도 짓눌린다.

아이와 민아의 눈이 맞부딪는다.

너는 어쩌다 여기 이렇게 갇히게 됐니? 민아가 물으니, 아이가 일그러진 입술을 가까스로 움직거린다. 다들 이리로 가면 안전하다고 하길래 의심 없이 발을 들였는데 이 꼴이 되었다고. 더 이상 말을 잇지 못하고 민아를 향해 검자줏빛 손을 벌린다. 하지만 민아는 몸집이 빈약한 데다 숨통도 콱 막히고 다리도 딱딱하게 굳었다. 이래서야 아이를 구할 길이 없다. 환영은 민아가 머리를 흔들수록 한층 위협적인 기세로 덤벼든다. 아직 숨이 붙은 아이들이 갑자기 한꺼번에 신음해, 몸이 발기발기 찢기는 것 같다.

이 지하를 참을 수 없다.

세상의 속도에도 경도에도 심도에도, 저항할 힘이 없어졌다. 모든 면역력이 바닥났다. 얼른 지상으로 가고자 바동댄다. 그러면 그럴수록 발이 뒤엉키고, 종잇장 같은 몸이 건들건들한다. 물먹은 신발도 이런 상황을 악화하는 데 한몫한다. 물을 머금어 둔중해진 발 때문에 연거푸 중심을 잃는다. 걸어도 걸어도, 운동화에서 배어나는 물기가 좀처럼 줄지 않는다. 지난 성탄 전야에 젖은 신이 아직도 마르지 않은 탓에, 늘 물 자국을 남기며 다녀야 한다. 비슬대다 민아가 넘어지면서 손으로 계단을 내리짚는다. 얼어붙은 오수같이 차고 불결한 물에 손이 젖는다. 악착스레 마르지 않는 물을 보며 파들거린다. 또다시 치솟는 의문들을 지우려 머리를 세차게 가로젓는다. 겨울바람에 실린 소슬한 의문들을 머리에서 털어 낸다.

그날 눈이 너무 많이 내렸고

너무 오래 걸었고

그래서 이렇게 된 거라고

그냥 젖었을 뿐이라고

별거 아니라고

아무리 자국을 남겨도 아무도 눈여겨보지 않는 그냥 물일 뿐이라고 입속말한다. 마지막 계단에 올라서서 황소숨을 토한다. 숨 고르는 법을 모르기에, 무조건 입을 크게 벌리고 가슴을 친다. 울화병에 든 노인처럼 가슴에 주먹질한다. 보건실에서 먹던 포도당 사탕이 아른댄다. 반쪽만이라도 빨면 숨이 트일 것 같다.

출구를 나선다.

아무런 보람도 없이, 또 오늘의 출구를 나선다. 초여름 빛이 단도를 꽂듯 눈을 찌르자, 민아가 고개를 떨어뜨리고 보도에 내려선다.

하나

둘

셋

걸음을 세며 그끄제처럼 또 걷는다.

햇볕을 받아 바싹 마른 보도에 작고 젖은 발자국이 길게 이어진다. 그 척척한 자취를 행인들이 제각각의 무게로 지르밟고 지난다. 적잖이 이상하지만, 걷는 데는 하등 지장이 없기에 그냥들 지나친다. 배틀거리며 민아가 큰길에서 샛길로 접어드니, 민규가 이동한다. 운동화 앞축으로 바닥을 찍으며 기다리다가 즉시 입체적인 그림자가 되어 따라간다. 남자아이 신발 또한 흠씬 젖어서 길바닥을 어둡게 적셔 놨다. 짜개진 틈으로 배어드는 물을 보도블록이 쪽쪽 빨며 차츰차츰 밝아진다.

둘은 똑같은 찍찍이 운동화에, 똑같은 진녹색 겨울 외투에, 똑같이 깡마른 체구에다, 살갗이 가슬가슬 일어난 똑같은 얼굴을 하고 있다. 잘못 오린 종이 인형처럼 머리도 삐뚤빼뚤 똑같이 잘랐다. 간밤에 종이 오리는 안전 가위로 서로 잘라 줬기 때문이다. 다음엔 주방 가위를 쓰기로, 앞머리는 바보

같이 빠짝 치지 않기로, 큰 전단을 바닥에 한 장 더 깔고 자르기로 둘은 다짐했다.

"오늘도?"

뒤따르던 민규가 민아 옆으로 걸으며 나직이 묻는다.

"오늘도."

민규는 메아리를 들은 기분이 든다. 그끄제 민아가 한 말이 공기 중에서 떠돌다가 어딘가에 쿵 부딪혀, 지금에야 되울린 것 같다. 엄마도 뭔가에 쿵 부딪혀, 머잖아 되돌아올 것만 같다.

아이들 엄마의 행방은 쭉 불명하다. 그러니 지난가을이나 그끄제나 오늘이나, 민아 대답이 한결같을 수밖에 없다. 하루도 거르지 않고 엄마는 일 초 일 초 견뎠다. 아빠와 할머니의 술주정 욕설 발질을. 그러다 한 해 전 홀연히 사라졌다. 귓속말도 쪽지도 남기지 않고 없어졌다. 진한 냄새만 남기고 집에서 지워졌다. 결국, 포악한 두 인간의 손에 유약한 아이들만 남겨졌다. 눅눅한 과자 같던 아이들은, 누가 엄지손으로 콕 누르기만 해도 뭉개질 판이었다. 탈출을 꿈꿨다. 엄마를 찾아 나섰다.

그 길이 유일한 출구로 보였다.

예전에 엄마가 자주 일하러 가던 동네만 무턱대고 헤매 온 터다. 오늘은 개교기념일이라 일찍 가 봤다. 그런데 오늘도 엄마는 없었다. 단서가 될 만한 거라곤 비린내와 날내가 고작이다. 머리며 옷에 묻어오곤 하던 소름 끼치는 냄새. 엄마가 사라지고 나서도 몇 달이나 집에 떠돌았다. 그 입자가 싹 가시자 아이들은 악취마저 그리워졌다. 민규는 시체였을까? 했고, 민아는 날콩이었을까? 했다.

민규는 그게 무슨 차든, 차만 타면 기절한다.

그러므로 민아 혼자 다녀야 한다. 아빠가 엄마 귀를 물어뜯는 장면을 목격한 뒤로 그렇게 됐다. 절대 건드리면 안 될 스위치가 올려진 양 그때부터 계속 말썽이다. 민아도 그 참혹한 현장에 있었다. 초점 잃은 엄마 눈과 자기 눈길이 맞닿기까지 했다. 그러나 소리 지르지도, 울지도, 바로 길 건너편 파출소로 달려가지도 않았다. 어차피 그래 봤자 무익함을 이미 여러 번 겪었으니까. 야만인 같은 아빠를 경찰도 시원하게 잡아 가둘 수 없었다. 아이들로선 이해하기 힘든 까다로운 절차가 우뚝 가로막고 있었다. 엄마가 세계와 소통하는 걸 저지하려는 강렬한 방해전파가 흐르는 것 같았다.

그때 민아의 조그만 머리에선 아빠를 한칼에 처단할 각가지 방법이 와글와글했다. 하지만 그중 아무것도 실행에 옮기지 못했다. 아빠처럼 악악대며, 그의 머리통에다 유리 재떨이를 날리긴 쉽지 않았다. 처음으로 아빠가 엄마를 패대기쳐서 와지끈 소리가 나고, 엄마 몸에 엄마 세상에 짝짝 금이 간 날. 바로 그날부터 재떨이로 전락한 유리그릇이었다. 집에서 엄마가 유일하게 아끼던 물건. 엄마 광대뼈를 내리찍고도 그 투명한 사물은 말짱했다. 좀이 슨 스웨터 같던 엄마보다도 재떨이는 생명력이 월등했다.

민아는 그때 깨쳤다.

아빠처럼 빡돌아서 누군가를 짓밟기란 아무나 할 수 있는 일이 아님을. 일단 부피가 문제였다. 가로세로가 현관문만 한 아빠 앞에선 숨소리조차 못 냈다. 아무튼, 적어도 민아는 차에 타도 까무러치지 않는다. 그러나 민규에게서 전염이라도 된 듯, 비슷한 증상의 전조가 보이기 시작했다.

자박자박 걸으며 아이들이 똑같은 물 자국을 남긴다.

샛길을 나가 곧바로 맞은편의 후미진 데로 들어선다. 행인들이 담벼락에 오줌 갈길 때나 드나드는, 오로지 빈집만 즐비한 막다른 골목이다.

충치로 가득 찬 입 같은 골목.

요 근방에서 가장 너저분하고 냄새나는 곳. 그렇지만 둘에겐 이 막막한 우주에서 하나뿐인 피신처다. 다른 아이들을 따돌리고자 여기 숨는다. 학교 안에서뿐만 아니라 밖에서까지 집요하게 따라붙는다. 성실하게 물어뜯는다. 단 두 가지 이유로. 첫째, 맨날 걸레짝 같은 옷만 입는다. 둘째, 똑같이 생겼다.

민규는 아빠라는 한 인간의 힘에 으깨졌다. 민아는 아이들이라는 집단의 힘에, 절대 멈추지 않을 그 무한 확장하는 힘에 찌부러졌다. 민규는 과거에 민아는 미래에 짓눌렸다. 당연히 둘의 현재는 곤죽이 됐다. 민아가 골목 한중간에서 멈춘다. 뒤이어 민규도 멈춘다. 바닥은 깨진 보도블록들로 언제나처럼 어지럽다. 둘은 같은 지점을 내려다본다. 깨끗한 백지보다도 무표정한 얼굴로.

"넌 손끝도 안 댔어."

단호한 민아 목소리 위에 민규 목소리가 천연스레 얹힌다.

"난, 못 본 척 그냥 뒤돌았잖아. 넌, 그러는 날 보고도 그냥 지나쳤고."

지난겨울부터 주고받은 말을 흡사 각자에게 주어진 대사인 양 되풀이한다.

"이미 죽어 있었을지도 몰라. 아니, 죽어 있었던 게 확실해. 저기! 저 끝에서 봤을 때도 무지 뻣뻣해 보였어."

주문을 걸듯 민아가 대사를 왼다. 검지를 결연히 뻗어 골목 초입을 가리킨다. 그날 아빠를 굽어보는 민규를 목격한 자리를 손가락질한다. 둘은 태연하게 그곳을 건너보다가 되처 바닥을 본다. 그러곤 동시에 어깨를 떤다. 동작이니 표정이니 시선 처리까지, 정확히 어제 연출된 것과 일치한다. 돋보기로 햇빛을 모으듯 아이들이 한곳을 응시한다.

시선이 모인 지점이 조금조금 부풀어 오른다.

지난 성탄 전야가 또다시 피어오른다. 눈이 수북하던 바로 여기에 아빠가 엎어져 있었다. 그 모습을 빠득빠득 복기한다. 자신들이 본 게 사체였음을 확인하려 애쓴다.

잘린 꼬리.

까만 점.

그날 민규가 이 골목에서 본 산목숨은, 꼬리가 똑 잘린 까만 점박이 고양이가 전부였다. 빈집의 녹슨 대문 틈으로 고양이는 등장했다. 부식돼서 얄따래진 문이 삐꺼덕하며 고양이 옆구리를 싹 긁었다. 콧등부터 이마까지 아스러져서 새빨갰다. 구덕구덕한 핏덩이가 눈언저리의 털과 뒤엉겨 있었다. 민규 다리에 야윈 몸을 비비더니 아빠를 할끔했다. 곧장 쓰레기 더미 속으로 몸을 숨겼다. 그날따라 싸한 악취가 들끓던 쓰레기 속으로. 그 광경을 지켜보며 민규는 예측했다. 다음 날이면 고양이는 틀림없이 0이 돼 있을 거라고. 먹은 거도 없어서 납작하던 고양이 몸에선 아무 냄새도 안 날 거라고. 0보다도 더 0이 돼 있을 거라고.

그날 민아는 고양이를 보지 못했다. 고양이가 쓰레기와 하나가 되고서야, 골목 끝에서 민규를 봤으니까. 우두커니 아빠를 내려다보던 민규가 슬그머니 등을 돌렸다. 민아는 슬그머니 눈을 돌렸고.

"똑바로 처박혀 있었어. 정말 똑바로."

민규 말에 민아가 고개를 끄덕인다.

"맞아. 목을 옆으로 꺾지도 않았어. 그러고 있으면 숨도 못 쉴 텐데."

"꼭 땅이 아빠 얼굴을 꽉 물고 안 놔주는 것 같았어. 그래서 숨이 멎었나?"

"목도 돌릴 수가 없어서?"

"어어…… 누가 아빠 시체를 들고 와서 툭 떨어뜨리고 간 게 아닐까? 이렇게?"

민규가 무거운 상자를 쥔 손을 확 푸는 시늉을 한다. 그러자 민아는 상상한다. 사과 상자처럼 내리박히는 아빠를.

철퍼덕!

술로 붉어진 코가 뭉개진다.

민아가 코를 찡긋한다.

"맞아. 그래서 땅에 코를 박고 있던 거야."

하지만 둘은 생각한다. 거인이 아닌 다음에야, 아빠같이 뚱뚱한 인간을 과일 상자처럼 가뿐히 다룰 순 없다고. 서로의 말에 힘을 실어 주려 들수록, 둘은 증거의 허술함만 절감할 뿐이다. 어제와 마찬가지로, 그들의 기대에 부응하기엔 중거가 모자란다.

단방에 의혹을 날려 줄 명명백백한 증거.

이 골목은 시시티브이도 없고 워낙 외진 곳이라 그날 아이들을 목격한 자도 없는데 밤새 진눈깨비까지 뿌리다가 새벽 무렵엔 비로 바뀌었다. 아이들 발자국마저 흔적도 없이 씻겼다. 그러고도 한참이 지난 뒤에, 골목에다 오줌을 갈기던 취객이 냉동 고기가 된 아빠를 발견했다. 신고받은 경찰이 도착했을 땐, 이미 시신이 목격자에게 싯누런 세례를 받은 뒤였다.

증거가 몹시 오염된 상태였다.

365일 술에 젖어 정신이 오락가락하는 할머니만이, 걸핏하면 아이들이 이 골목에 드나드는 사실을 알고 있었다. 술을 사러 가겟집에 들르다가 또는 천변으로 한잔 걸치러 가다가 수차례 봤다. 그러나 입 밖에 내진 않았다. 경찰의 설명을 들으면서도 못 알아듣는 척 연기했다. 마치 손주들의 목을 조르듯, 빈 술병의 잘록한 목만 앙구었다. 그 이후론 그저 평소대로 술병을 젖병처럼 빨며 근면히 손주들에게 욕을 퍼부었을 따름이다.

한 달 전 민아는 문득 깨달았다.

복기를 거듭할수록 기억이 야금야금 오염됨을.

민규한테 들은 고양이가 자신의 기억에도 어엿이 등장했으니까. 그것도 너무나 선명히. 듣지 않은 것까지 세세히.

점 네 개가 박힌 고양이는 목에 짤랑대는 방울을 달고 있었다. 걸음마다 발밑의 뭔가와 마찰해 싸각싸각 소리를 냈다. 아빠의 평퍼짐한 등허리에 올라 앙금앙금 걷다가 앞발로 뒤통수를 쿡 디뎠다. 짤랑! 깔끔한 비상으로 쓰레기 더미까지 튀었다. 아빠가 걸친 진회색 외투의 밋밋하고 넓던 깃도, 언제부턴가 뽀글거리는 새까만 털로 풍성해졌다. 자기 위치에선 도저히 볼 수 없는 부분도, 모든 각도에서 뚜렷하게 그려졌다.

그뿐이 아니다. 그 자리에 머문 시간도 몇 배로 늘었다. 당연히 본 내용도 쑥 늘었다. 볼 때마다 색다른 조합의 문양을 선사하는 만화경처럼, 그 잠깐의 순간이 매번 약간씩 다르게 재생됐다. 자동으로 거짓을 지어내는 장치가 돌아가는 양, 기억은 줄기차게 형형색색으로 덧씌워졌다. 그런 사실을 민규에겐 알리지 않았다.

늘 주고받던 말만 자못 엄격히 되뇐다.

민규에게 복기란 어느덧 매일매일 행해야 하는 긴요한 의례가 됐다. 그것마저 없다면 거꾸러질지도 모른다. 그렇기에, 민아는 한 마디 한 마디에 주의한다. 아빠로부터 태어난 민아와 민규는, 기필코 출발점으로 되돌아가는 폐곡선처럼, 아빠 주검이 있던 자리로 으레 복귀한다.

"애들아!"

돌연한 고성에 아이들 몸이 달싹한다.

"좀만 거들어 줄래?"

골목 초입에서 노인이 우그러든 깡통 같은 얼굴을 주억거린다. 왜소한 몸에 짐을 넘치게 졌다. 불룩한 배낭을 가슴에도 등에도 뗐거니와, 한쪽 손엔 터질 듯이 빵빵한 비닐봉지를 들었고, 큰 짐 가방까지 삐딱하게 세워졌다. 노인만큼이나 가방도 낡고 망가졌다고 아이들은 느낀다. 또다시 노인 머리가 위아래로 움직이자, 땡강땡강 금속음이 들린 것만 같다.

"길들이 죄 엉망이라, 고만 바퀴 하나가 빠졌지 뭐냐. 저어기 뒷길까지만 같이 가 줄래?"

둘은 생각에 잠긴다.

저어어어기 뒷길까지면 꽤나 먼 거리다.

그렇지만 이 시간에 귀가하면, 시뻘겋게 달아오른 얼굴로 "즈 애비 잡아먹은 사탄들!"이라며 시비 걸 할머니밖에 없다. "빈 나간 이빨까지 즈 애미를 빼쐈네."라며 툭하면 트집 잡는 할머니. 그러다 손에 잡히는 대로 자기들한테 내던질 할머니. 고모는 공장에서 한창 빵을 만들 시간이다. 엄마가 사라진 지 보름이 된 날, 무슨 큰 선심이라도 쓰듯 할머니는 집으로 고모를 불러들였다.

듣도 보도 못했던 고모를.

창문도 없는 1평짜리 고시원을 전전하지 않게 된 대신, 고모는 온갖 집안일을 떠맡게 됐다. 어쩌다 입을 벌리면, 백만 년 묵은 밥 냄새가 날 정도로 침묵한다. 그런 고모를 보며 아이들은 생각했다. 다 짜서 쓴 치약 튜브 같다고. 치약을 가득 채우면 아빠랑 쌍둥이로 보일 거라고. 그만큼 닮았다. 해코지하긴커녕 말도 안 붙이고 눈길도 안 주건만 괜스레 겁났다. 따라서 둘 다 고모를 멀리한다.

할머니는 자기 팬티 한 장도 스스로 빨지 않다 보니, 고모에겐 항상 일이 넘친다. 아빠와 할머니라는 두 동심원의 중심에 몰린 채, 매초 괴롭힘당하던 엄마 역할. 그 괴이한 역할을 그때부터 고모가 맡았다.

야!

할머니는 엄마에게 그랬듯 고모에게도 "야!"라고만 불렀다. 그 호칭은 고모가 집에서 맡은 역이 뭔지 명확히 알렸다. 엄마를 대신할 저렴하고도 만만한 대체제. 이름으로 불리지 않을 존재. 초 단위로 변질될 운명. 결국, 좁아터진 거실에 짐을 푼 날보다도 고모는 볼품없어졌다. 흡혈귀들에게 피가 싹 빨리고 쭈글쭈글한 거죽만 남았다.

이후 아빠라는 원이 하나 걷히긴 했다. 하지만 매일같이 말술을 마셔도 끄떡없는 할머니가 시퍼렇게 남았다. 그 원에서 고모가 해방되긴, 아이들 눈에도 가망 없어 보였다. 다세대주택 입구에서 아랫집 아주머니와 윗집 아저씨는 이런 대화를 나누기도 했다. 할머니가 아주 고모 등골을 빼먹는다며, 쩍하면 앵돌아지는 할머니한테 쫓겨나지 않으려, 고모가 알아서 슬슬 기는 거라고. 그러면서 쯧쯧거렸다. 계단참에서 대화를 엿듣고 아이들은 오스스했다. 할머니가 고모의 깡마른 등에다 새하얀 틀니를 박고 와작와작 씹는 장면이 한없이 펼쳐졌다.

무더기

무덤

거실 구석에 작은 봉분처럼 쌓인 고모의 잡동사니. 백만 가지 집안일을 거저 하는 고모의 무덤. 이름이 새겨진 비석도 없는 초라한 무덤. 그걸 볼 때마다 아이들은 의아해한다. 압박 밴드랑 손목 보호대며 각종 파스까지, 하나같이 운동선수 소지품으로 보인다. 고모한테선 빵 냄새가 아니라 언제나 파스 냄새가 진동한다. 공장에서 밤을 새우고 온 날은, 잇따른 잽을 맞아 비틀대는 권투 선수 같다. 그 꼴로 귀가하고도, 첩첩이 쌓인 일을 마친 뒤에야 거실 바닥에 옹송그리고 눕는다. 할머니보고 푸념하거나 따지는 일도 없다. 그랬다간 할머니가 혀로 발사하는 총 칼 활에 맞을 테다. 영원히 낫지 않을 상처가 날 게 뻔하다.

고모 세상은 공장과 집이다.

둘 다 2주에 딱 한 번 멎는 거대한 장치다.

그날이면 고모는 물만밥만 퍼먹고 세수도 하지 않은 채로 집을 나섰다. 파란 비닐 가방을 달랑거리며. 할머니한텐 특근 하러 간다고 말했으나 아이들은 믿지 않았다. 그 일요일만은 말간 얼굴로 다저녁때 귀가했으니까.

하도 궁금해, 전날 고모가 챙겨 둔 가방을 둘이서 슬쩍 연 적이 있다. 캐러멜 한 갑, 양갱 하나, 벌건 사과 한 알. 그게 다였다. 고모는 자기가 다니는 공장의 빵은 절대 입에 넣는 법이 없다. 아이들에게도 절대 내밀지 않는다. 빵에 잔혹한 비밀이라도 감춰진 것처럼 군다. 그렇다 보니, 고모가 간편하게 빵을 담지 않은 게 전혀 이상하지 않았다. 몰래 뒤를 밟은 날 아이들은 목격했다. 지하 대중목욕탕으로 사라지는 고모를. 집에서 불과 5분 거리에 목욕탕을 두고 굳이 뒷동네로 갔다. 할머니가 목욕탕에 못 가는 사실을 모르는 눈치였다. 할머니는 인근 목욕탕마다 요주의 인물로 찍혔다.

목욕탕마다 할머니 사진까지 나눠 갖고들 있다고 아이들은 들었다. 옆집 세신사 아주머니 말에 따르면 그랬다. 할머니는 술에 취해 무려 다섯 번이나 온탕에서 졸도하는 기록을 세웠다. 송장이 둥둥 떠다닌 목욕탕에서 때를 벗기고픈 사람은 당연히 없을 터였다. 다섯 번째로 거의 빨거벗은 채 응

급차에 실려 간 뒤론, 좌우 앞뒤 동네 목욕탕들에서 할머니를 아예 안 받는다.

"너희들 괜찮니?"

이것은 언젠가 경찰이 한 질문이었다. 집 앞까지 찾아와 누군가가 괜찮으냐고 물은 건 처음이어서 아이들은 놀랐다. 눈도 코도 입술도 가는 선처럼 보였다. 경도 높은 연필로 그린 듯한 경찰은 호기심도 많았다. 어디 아픈 덴 없는지, 밥은 먹었는지, 학교생활은 어떤지 물었다. 아이들은 세 개의 질문에 세 개의 거짓말을 지어내야 했다. 그때부터 둘은 경찰을 원망할 수도 없었다. 경찰한테도 나름의 사연이 있기에 아빠를 못 잡아간다는 생각이 들었다. 그날 민규는 경찰에게 물었다.

"술 먹고 뜨거운 데 들어가면 죽나요?"

그러자 경찰 눈의 윤곽선이 진해졌다.

"술? 아주아주 위험하지. 그건 왜?"

"얜 원래 과학 좋아해요."

재빨리 민아가 답하고 민규 손을 낚아채 내뺐다. 할머니가 다시는 목욕탕에 못 가게 되어 아쉬워했다. 민규는 민아보다 두 배는 더 실망했고.

하지만 나중에 아이들은 생각했다. 목욕이 유일한 휴식인 고모를 위해선 다행이라고. 고모가 세상이라는 링 밖으로 나가떨어졌다는 뉴스를 듣는대도, 하나도 놀랍지 않을 것 같았다. 밥 먹던 손을 바들대다 고모는 숟갈을 떨어뜨리기 일쑤였다. 숟갈 무게조차 버거워했다. 그런 채로 꼬박꼬박 공장에 나가는 것이야말로 아이들에겐 놀라운 일이었다. 철컥, 고동 트는 소리가 고모 귓속에 울리면 기계적으로 집을 나섰다. 공장과 별반 다를 게 없는 집을.

그런 집에, 지금 가 봤자 먹을거리도 놀거리도 없는 현실을 아이들이 떠올린다. 안전이나 평화와는 담쌓은 집. 그 스산한 공간이 눈앞에 그려진다. 둘은 노인의 부탁을 들어주기로 한다.

젖은 걸음으로 노인에게 다가선다.

민아가 바퀴 빠진 짐 가방의 손잡이를 쥐고 민규에게 눈짓한다. 가방이 쓰러지지 않게 민규가 기운 쪽을 힘주어 잡는다.

"아이고, 쌍둥이 천사네!"

노인이 선창하고 비슬비슬 앞장선다.

그의 발걸음에 맞춰 아이들이 따라간다.

떨떠름한 상여 행렬처럼 한 발짝 한 발짝.

노인이 흘린 '천사'를 되씹으며 둘은 바르르한다.

그냥 두면 죽을지도 모르고, 어쩌면 진작에 죽었을지도 모르는 아빠를 보고도, 둘은 못 본 체했었다. 그날, 상황을 외면하고 지나친 민아를 민규가 뒤따랐다. 비탈길을 침착히 올라 성당에 갔다. 뒤뜰 모퉁이의 장의자에 앉아 색색의 송편까지 실컷 먹었다. 아담한 무지개다리 덕에 장의자는 눈에 젖지 않았다. 다리에 둘러 감긴 꼬마전구들이 점멸하며 얼굴을 알록달록 물들였다. 장의자 등받이 양 끝엔 아기 천사 둘이 조각돼 있었다. 쌍둥이 천사였다. 만사태평해 보였다. 갓 구운 통식빵 같았다. 일란성쌍둥이 천사는 양손으로 턱을 괴고 엎드려 쌍둥이 인간을 바라봤다. 멋진 의자에서 조명까지 받으며 먹으니 더 맛있는 거라고 쌍둥이 인간은 판단했다. 그리고 이런 생각도 했다. 천사가 있긴 있는가 보다고. 그렇지 않고서야 이토록 춥고 무섭고 배고픈 순간, 때마침 맛난 음식까지 받을 순 없을 거라고. 사랑받는다는 게 이런 느낌이 아닐까 하고. 성당에 으리으리하게 조각된 예수나 성모보단 왠지 작은 천사의 손길 같았다. 깜찍한 천사의 힘을 빌려 신의 뜻이 떡으로 나타났다고 믿었다. 자기들한테까지 그의 온기가 전달됐다고. 그때, 천사의 날개가 팔랑였으나 인간은 눈만 비볐다. 눈만 의심했다.

그날 수녀가 접시에 담아 건넨 송편이 바닥날 때까지 둘은 단 한 마디도 섞지 않았다. 멍청한 말이라도 튀어나와, 그들을 감싼 온기를 흩트릴까 두려웠다. 향긋하고 달콤한 속 재료를 최대한으로 음미하며, 성탄 전야가 최대한으로 느리게 지나가기만 바랐다. 그랬던 아이들이 노인의 말을 머리에서 대굴대굴 굴린다.

쌍둥이 천사…….

끼익 깩!

끼익 깩!

짐 가방이 새된 비명을 고른 간격으로 지른다. 민아는 인간마다 다르듯 천사마다 다를지도 모른다고 여기고, 민규는 할머니 말처럼 자기는 사탄에 더 가깝다고 여긴다. 그러다 둘은 같은 의문을 품는다. 신발도 벗지 않고 거실로 뛰어든 아빠가 엄마 배를 퍽 걷어차고 코에 쇠주먹을 날리고 귀를 물어뜯던 순간, 천사는 왜 잠자코 있었을까. 그렇게 게으르고 무관심한 천사라면, 보나 마나 떡도 실수로 줬을 거라고 결론짓는다.

앞선 노인은 생각한다. 정녕 세상 천지간에 천사가 있다면, 자기가 오늘 이 우라질 길을 또 걷는 일은 없었을 테라고.

깨진 보도블록은 멀어지는 아이들을 지켜보며 한숨짓는다. 오늘도 꼼짝없이 오염된 자신의 처지에 노여워한다. 거센 비바람을 목마르게 기다린다. 탁한 공기가 속히 씻기기를 열망한다. 하지만 안타깝게도 지금 막 골목에 들어선 것은, 벌써 바지 지퍼를 죽 내린 인간이다. 요의에 지배당한 182센티미터짜리 미물. 또 뜨겁게 젖으며 보도블록은 숱한 증거를 억지로 삼킨다.

첫 피실험자

지금 나의 발치에 돋은 식물이 그 버섯이라면?
부위마다 내가 들은 대로이다.
영롱한 은색 갓에 연보라색의 우둘투둘한 점들이 솟았다. 갓 밑면은 미묘한 색이 어우러져 복잡하고도 세밀한 미로를 형성하였다. 갈쭉한 흰색 자루에 달린 턱받이는 작은 구슬이 알알이 박힌 모양이다. 진주 목걸이를 건 것 같다. 밑동은 통통한 물고기가 자루를 덥석 문 듯한 형태이다.
내 눈길을 특히나 사로잡은 요소는 바로 이것이다. 갓에 형광 물질을 발라 놓은 양, 둥근 갓만 동동 뜬 것처럼 보인다고 들었는데, 과연 이 버섯도 어스름 속에서 땅 위에 살짝 떠 있다. 앙증맞은 우주선 모형 같다.

무시하고, 가던 길로 내처 가는 것이 나을까.

아니면, 나라는 인간을 믿어도 될까.

나는 준비가 되어 있는가, 첫 피실험자가 될?

아차, 나는 아직 인간인가?

버섯을 몸에 들이면 가령 그리하면, 더 이상 늘어지지 않고 탄탄하여질 수 있으려나.

죽음 앞의 말

"덥지들 않냐?"

솜이 푹 죽은 똑같은 외투를 입은 아이들에게 상필이 묻는다.

둘은 동시에 얼굴을 돌리고 서로를 바라볼 뿐이다.

콧등에 땀이 송골송골한데도 목까지 지퍼를 잠근 아이들을 보며 상필이 목을 긁적이다가, 배낭의 어깨끈 주머니를 연다.

"자."

허름하고 작다란 창고 앞에 멈춘 노인에게서 쌍둥이 남매는 천 원권 지폐 한 장씩을 받아 든다. 둘의 소맷부리에 전 때며, 손금과 손톱마다 까맣게 낀 때까지 한결같다. 동일한 모델의 인형 같은 아이들이, 깊이 고개 숙여 인사하고 되짚어 골목을 나선다. 그러는 둘을 노인이 한동안 지켜본다.

"뭐에 저리들 젖었을까……."

축축한 발자국에서 눈을 떼고 바지 호주머니를 더듬는다. 경찰서에서 넘겨받은 열쇠 한 개를 꺼낸다. 새끼손가락만 한 열쇠로 철문을 열자, 퀴퀴한 공기가 수용소에서 탈주하듯 와락 뛰쳐나온다. 창고 방은 개미 한 마리 없는 개미둥지처럼 쓸쓸하다. 맞은편 벽에 조그만 선풍기와 조그만 전기난로가 나란히 앉아 있다. 두 물체가 조카를 대신해 상필을 쳐다본다. 순간 그는 조카의 체온을 느낀다.

몸

땀

열

온도

선풍기가 윙윙거리며 돌리는 창고의 열기, 전기난로가 낑낑대며 데우는 창고의 냉기를 흡수한 조카 몸의 온도를.

누가 살던 데라기보단 뭔가를 보관하던 장소에 더 가깝다고 여긴다. 낡았으나 작동은 돼서 내버리지도 못하는 그딴 가전제품이나 쑤셔 박아 두는 장소. 그런 상념 속으로 가라앉으며 자질구레한 짐을 단칸방에 부린다. 마지막으로 이동식 짐 가방이 문턱을 넘는 찰나, 바퀴 하나가 으그러지고 다갈색 구두를 짓이긴다. 컥! 메마른 신음을 토하며 플라스틱 바퀴가 조각조각 튄다.

부러져 나간 낮은 굽을 상필이 주워 올린다. 왼편이 표 나게 닳은 굽을 엄지로 훑는다. 자신과 같은 방향으로 기우듬하게 걷는 조카가 당장이라도 문으로 들어설 것만 같다. 허리를 구부려 깔린 구두를 빼내려다 그만 뒷덜미가 결리고, 그 통에 구두를 잡아당기고 만다. 북 찢기고, 금빛 장식도 바서지고, 나머지 한 짝마저 굽을 잃었다. 본래의 형태를 처참히 잃었다.

어느 모로 봐도 더는 구두가 아니다.

만신창이가 된 구두의 몸을 그러모아 양은 밥상 위에 올려놓는다. 그 곁에, 조카가 담긴 나무 유골함을 둔다. 그리고 뒤로 난 불투명한 유리창의 걸쇠를 푼다. 쪼끄만 창은 빼각빼각 네 번이나 찡찡대고 나서야 열린다. 두 뼘쯤 되는 거리에서 옆집 벽만 보인다. 새까만 곰팡이와 암녹색 이끼로 뒤덮였다. 창 너머로 구저분한 벽을 보며 그는 자문한다. 10년 만에 조카가 전화한 그날 자기가 뭐라도 한마디 해 줬더라면, 걔가 목을 매는 일이 없었을까? 하고.

11년 전엔 다들 살아 있었다.
여동생과 조카딸은 그가 구해 준 연립주택 반지하방에서 함께 지냈다. 여동생은 그보다 열네 살이나 어린 유일한 혈육이었다.
"그날, 엄마 먼저 내보냈으면, 나 먼저 안 나왔으면, 외삼촌, 그럼……."
몸살에 걸린 엄마와 함께 종합 감기약을 먹고 잠든 조카는 폭우로 무참히 잠긴 방에서 새벽 4시경 가까스로 탈출했다. 엄마를 물속에 남겨 두고 홀로 살아남았다. 그 사실에 괴로워했다. 한 해가 다 가도록 조카는 상필에게 매일없이 전화했다. 컴컴한 목소리로 같은 말만 되뇌었다. 그런 조카를 참을 수 없었다.

"다 내 탓이다. 너 잘못 없다. 거 지하에다 너 모녀 살게 한 거, 나다. 인제 고만 놔줘라. 너 엄마 편히 가게."

애원했다.

곡진히 타일렀다.

실은, 자기를 제발 좀 놔 달라는 열규였다.

갈라선 남편한테 쫓기며 동생은 수년간 고향 구석구석으로 도망 다녔다. 그녀를 서울로 보낸 건 다름 아닌 상필이었다. 번잡한 서울 바닥에서라면, 제아무리 무작한 찰거머리 악귀더라도 찾아내지 못하리라 확신했다.

그해, 동생은 아동복 공장에서 틀일을, 조카는 미용실에서 보조 일을, 운 좋게도 바로들 구했다. 넉 달을 잔잔히 보내며 서울에서의 첫 여름을 맞았다. 당시 그는 찜통더위 속에서 공장 경비 일을 다녔다. 반면에 동생이 사는 곳으로부턴 들려오느니 물난리 뉴스뿐이었다. 엇비슷한 세력의 한랭기단과 온난기단의 세력다툼으로 정체전선이 또 활성화했다느니, 공기 흐름이 막혔다느니, 이례적인 집중 호우라느니, 퍽 떠들썩했다. 그런 께름칙한 보도를 들으면서도 설마설마했다. 고난이라면 이미 푸지게 겪은 동생이었다. 설령 하늘이 무심하다손 치더라도, 동생이 뭔가를 더 치르는 건 정말이지 말도 안 된다고 믿었다. 그런데 그 여름, 기껏 자기가 은신처로 구해 준 곳에서 동생은 목숨을 잃었고 조카는 목숨만 붙어 있었다. 하루하루 썩어 가는 산송장이 됐다. 그리고 상필은 밤낮 우라질을 입에 달고 살게 됐다.

우라질!

자다가도 소리치며 뻘떡 일어났고, 밥을 먹다가도 우라질! 악쓰며 체하기 일쑤였다. 구정물에 침몰한 조카 음성이 휴대전화에서 월컥월컥 흘러넘쳐 그를 적셨다. 밤도 낮도 진흙탕이 됐다. 감내할 힘이 없어지기에 이르렀다. 기어코, 가진 돈을 있는 대로 닥닥 긁었다. 조카에게 바로 이 집을 마련해 줬다.

"창고를 개조한 데긴 해도, 사람 살 만하다. 봐라, 싱크대도 새거다. 여긴 딴 골목들보다 무진장 높다. 내 장담한다. 결단코 물에 안 잠긴다."

부동산 중개업자가 그를 구워삶을 때 지껄인 말을 주워섬긴 후 상필이 조카 손을 꼬옥 쥐었다.

"내 말, 고깝게 듣지 마라. 인제, 전화하지 마라. 나도, 지쳤다."

그 말을 끝으로 조카와 절연했다. 그가 견딜 수 있는 극점에 다다랐음을 스스로 인정했다. 그제야 자신의 안전을 위해 딸깍! 잠금장치를 눌렀다.

고향에서 홀로 살던 전셋집의 보증금까지 빼서, 조카 집을 구하는 데 보탰다. 형세가 그러니, 정작 자신은 노인정에서 온갖 눈치를 보며 기거해야 했다. 그곳에서 공장으로 출퇴근했다. 안 그래도 할머니들만 오가는 곳이라, 하나뿐인 화장실에서 그가 씻는 것만을 두고도 불평이 심했다. 하지만 달리 갈 곳이 없었다. 그저 시체같이 숨죽이고 버텼다. 조카 전화에 시달리기보단, 그편이 덜 시름겨웠다. 그리고 10년 만에 조카로부터 전화가 온 것이다.

"어딜 가도 자꾸만 물이 차올라요. 숨이 쉬어지지 않아요, 외삼촌······."

조카 목소리를 또 듣자, 그의 몸에도 시커멓고 되직한 물이 꾸역꾸역 차올랐다. 짓눌러 둔 순간들이 하나둘 거슬러 올라오며 그를 뒤흔들었다.

그는 전화를 껐다.

아무 말 없이 껐다.

숨기척도 죽였다.

그렇게 전화기 너머의 세상을 지웠다. 도로 '우라질'의 늪에 빠지면 영영 헤어나지 못할 것 같았다. 하도 무서워 턱이 다 떨렸다. 그래서 하던 일을 마저 했다. 그건, 그때껏 상필이 지닌 유일한 약이었다.

일.

할머니들이 화투 치다 말고 끓여 먹은 부대찌개 냄비를 부시고, 인근 세탁소에서 빌린 압축기로 노인정의 막힌 변기를 뚫고, 치약 바른 솔로 수도꼭지를 광내고, 쉰내가 날아가게 볕에 널어 둔 걸레로 마룻바닥을 물걸레질하고, 단체 관광 사진이 든 액자며 둥근 거울이며 비스듬히 갈라진 창문이며 싹 마른걸레질하고, 할머니들이 파리채로 후려쳐서 벽에 말라붙은 벌레들까지 말끔히 닦았다. 할머니들의 불만을 잠재우는 데 직방인 일을 드팀없이 끝냈다. 언제부턴가 할머니들이 자연스레 상필의 소관으로 여기게 된 허드렛일을. 그로부터 며칠 뒤 경찰서에 불려 갔다.

조사도 받고 유서도 받았다.

둘 다 첫 경험이었다.

한국말에 서툰 외국인처럼 떠듬떠듬 답했고 떠듬떠듬 읽었다. 더 이상 집이 필요 없으니 외삼촌 황상필에게 이 집을 준다는, 타살이 아니라 자살이니 절대 부검하지 말라는, 뼛가루는 부디 바람에 날려 달라는 매우 짤막한 유서였다. 죽기 전에 조카가 남기고픈 말이 고작 그런 것들이었음에 그는 입술만 깨물었다. 메마르고 딱지가 앉은 입술에서 새로이 피가 솟았다. 그 비릿한 피를 빨며 생각했다. 하나 남은 피붙이던 조카한테도 같은 맛의 피가 흘렀겠지 하고.

같은 맛의 피.

잃을 살맛조차 없는 사람의 피.

그날 처음으로 조카 글씨를 봤다.

조카는 항시 주르르 흘러내리는 물줄기 같았다. 한사람이 쓴 거라곤 도저히 믿기지 않았다. 어찌나 또박또박한 글씨였던지, 읽는 동안에도, 며칠이 지나고도, 귓가에 조카 목소리가 까랑까랑 울렸다. 뇌에서 조카 얼굴 모양의 쇠 종이 밤낮으로 흔들댔다. 본래 유서엔 그런 힘이 있는 것인지, 아니면 유독 조카의 유서만 그런 것인지 궁금할 지경이었다. 유서는, 살아 있던 조카보다도 생기롭게 그를 쫓아다녔다. 종을 울려 대며 그를 창고 방으로 불러들였다.

마침, 고향에서의 사정도 엉망진창이었다. 경비원으로 일하던 공장에서 두 해 전 느닷없이 해고 통보를 받았고, 당시 공장주한테 빌다시피 해서 공장 청소일을 해 오던 차였다. 하지만 받지 못한 임금만 헤아릴 수 없이 불어났다. 자칫하면 그마저 잘릴까 봐, 항의 같은 건 꿈도 못 꾸던 형편이었다. 밀린 월급에 대해 상필이 세상없이 공손하게 확인하자, 공장주는 "꼴에 직원이랍시고, 같잖은 설교는!" 가소롭다는 듯 쭝얼댔다. 순간, 잊었던 말들이 새록새록 따끔거렸다. 꼴에 외삼촌이라고, 꼴에 오빠라고, 꼴에 아들이라고……. 그래도 다행이지 했다. 꼴에 남편이라고, 꼴에 아빠라고, 같은 말은 애당초 들을 처지가 못 됐으니.

그는 이때다 싶었다. 노동부에 진정하기로 마음먹곤 일을 때려치우고 이리로 왔다. 지금이 아니면, 그를 얽어맨 부당한 굴레에서 죽어도, 죽어도 풀려나지 못할 것 같았다. 그 결심이 서기까진, 꿈의 힘이 컸다. 평생 벼랑 끝에서 설설 기다가 꽁꽁 묶여 관에 담기는, 징그럽게 생생한 꿈을 꿨다. 관 속에서 꺼이꺼이 통곡하다가 쩔렁! 소리에 깼다. 악몽을 떨쳤다. 몰입감이 아찔하던 그의 인생 예고편은, 그를 현실에 눈뜨게 했다.

조카 종소리는, 난생처음 그가 부당함에 맞서게 떠밀었다. 그가 사춘기 때, 같은 방직 공장에서 일하던 어머니 아버지는 차례차례 이름 모를 병마로 운명했다. 갓 걸음마를 뗀 동생과 더불어 묵은빚만 그에게 남기고들 떠났다. 그 공장에 함께 다니던 아주머니 아저씨도 여럿 사망했다. 그렇지만 다들 병원에 간 적도 없고, 기계 사고로 숨진 것도 아니니, 상필은 그저 그렇게만 알고 지냈다. 하나뿐인 동생은 수마로 눈감았다. 세 번 다 그럭저럭 넘어갔다.

그런데 조카는 스스로 숨을 끊었다.

그리고 그 죽음은 그를 건드렸다.

그냥저냥 넘겼다고 여긴 다른 식구들의 죽음까지도 그의 심연에서 살려 냈다. 하나둘 솟뜨며, 오랫동안 근중하게 침묵하던 못을 기어이 출렁이게 했다. 고분고분 밑바닥에 내려앉아 있던 쓰레기들이 솟아올라 못 위에 둥둥 떠다녔다.

"황상필 씨?"

소스라쳐 뒤돈 그의 눈에 우람한 생명체가 들어온다.

얼굴은 목각 인형, 몸은 솜 인형이다. 기이한 조합의 초대형 케이크가 물끄러미 문께에서 건너본다. 어림잡아 백 킬로는 되겠다. 지칠 대로 지친 상필은 저런 노파의 품에 안기고픈 감정에 휩싸인다. 아무 말 없이 노파가 자신을 끌어안는 상상에 빠진다. 그의 꾸깃꾸깃한 몸이 그녀의 푹신한 팔에 둘러싸이고 눈이 닫히고 세상이 지워지고 그 무게를 잃는다. 하얀 웨딩 케이크 모양의 인공위성에서 그는 무중력 상태에 빠진다.

"이제나저제나 하며 기다렸는데, 드디어 오셨군요."

청동 접시 위로 유리알이 톡톡 떨어진 것만 같다. 맑은 울림에 홀려 그가 한 발 다가선다.

"저, 뉘신지……."

"목격자예요. 그날 큰 케이크를 산 터라, 좀 나눠 주려고 들른 차에 그만……. 그저 오가다 알게 된 사이랍니다. 딱 한 번 케이크를 같이 먹은 사이이기도 하고. 조카분은, 지금 당신이 서 있는 자리에서 두 발짝쯤 앞에 매달려 있었답니다.

아니, 한 발짝일까? 아, 어떻게 당신 이름을 아냐고요? 유서를 발견한 것도 신고한 것도 저니까요. 뭐, 이런 건 이미 경찰서에서 들으셨겠지만. 그러니까, 제가 당신을 기다린 연유는 단 하나예요. 조카분은 물을 심하게 흘렸답니다. 머리 끝에서 발끝까지요. 온몸에서 물이 샘솟는 것처럼 보였죠. 숨이 꺼지고 나서도 몸에서 유일하게 가동되는…… 음, 본능 같았달까? 유서에 글로는 남길 수 없는 걸, 온몸으로 전하고 있었는지도 모르죠. 온몸으로…… 여하튼 그랬답니다. 이 말만은 꼭 전해야 할 듯싶어서. 그럼 이만."
상필은 경찰서에서 물에 관해선 한 방울도 들은 바가 없다. 허둥지둥 비닐봉지에서 요구르트를 꺼내며 노파에게 다가간다.
"저, 이거라도 드시면서……."
"전 약속이 있어서."
노파가 쌀쌀맞은 로봇처럼 저벅저벅 멀어진다.

죽음 앞의 말.
글로 남길 수 없던 조카의 유언이 무엇일지 그는 곰곰 생각한다. 그러면서 요구르트로 부족하나마 빈속을 달랜다. 연주황빛 65밀리리터 액체의 신맛이 혀에 감기고, 그의 내면에서 뭔가 거세게 돈다. 아무런 단어로도 뭉쳐지지 않는 뭔가가. 뇌에서는 별 보람 없는 공회전만 반복되고, 벽에 걸린 시계는 쨱소리도 내지 않는다. 220볼트도 아니고 단 1.5볼트만으로도 생존했을 텐데 멈췄다. 잠들었다. 영면했다. 고작 몇십 센티짜리 판때기, 그 잘난 물막이판이라도 있었더라면, 물에 잠기는 집이라고 광고할 일 있냐며 끝끝내 설치를 거부한 그 집주인만 아니었더라면…… 원망 서린 부유 쓰레기가 그의 머리에 꺼멓게 유입된다.

생의 질

태어나 제물로 쓰이고 죽기를 일곱 번 반복했잖아. 한데 더 오래된 일은 통 기억나지 않아. 아마도 그 이전의 시간에 얽힌 것들에서 모든 게 비롯됐겠거니, 하는 순간 이자가 나타났어. 이 눈의 떨림과 심장 박동을 통해, 내가 누군가를 겁먹게 하는 존재임을 알아채. 이자의 기운을 통해, 내 외형이 오롯이 그려져.

내 노긋한 몸에 담긴 호수……

그 아늑한 호수와 대지, 그믐달, 피로 물든 암사슴, 꿉꿉한

먹장구름, 쇠부엉이, 끈끈한 새소리, 방울뱀, 빤짝이는 가시개미, 별똥별, 향긋한 건들바람, 차가운 나무 그림자, 물두꺼비, 머리꼭지를 내리긋는 천둥, 반딧불이, 숲을 가르는 우레비, 묵직한 밤안개, 눈부신 독화살개구리, 간지러운 애벌레, 물너울, 따끔한 불의 여운이 굼틀대. 그렇게 나를 요동해. 백일 년 동안의 격랑과 평온과 열락의 순간들이 몸속에서 소용돌이쳐. 그러며 은빛을 발해. 인제야 이 은빛의 정체를 알게 되다니 말이야. 뭔가가 나를 에워쌌다고 여겨 왔건만. 내가 뿜는 빛이었다니. 머리가 달아올라. 매혹당한 자의 기운이 정수리로 스며. 홧홧하고도 불안정한 기운이야.

의혹의 입자

망설임의 입자

욕망의 입자

두려움의 입자

떨리는 입자들이 내리쏟아져. 그리고 나는 본능적으로 느껴. 내 몸이 갈기갈기 찢겨야 함을. 그것이 바로 이번 여덟 번째 생에서 나의 쓸모임을.

생…… 쓸모…… 고통……

고통의 세기와 그 지속시간만으로 따지자면, 가히 저번 생보다는 나은 생이겠네. 생의 질을 헤아리는 데에 고통만큼 정확한 기준은 없으니까.

꺼지려 켜진 불

약속 장소로 향하던 진숙이 새로 생긴 제과점 앞에서 망설이다가 유리문을 민다. 곧장 진열대에 몸을 밀착한다. 시야 그득히 케이크의 세계가 펼쳐지고 그중 하나가 눈을 사로잡는다. 촉촉한 속삭임이 그녀의 욕망을 낚아챈다. 의혹이 씻긴다. 두려움이 꺼진다.

"이걸로요."

단번에 선택하고 한결 경쾌해진 발걸음을 옮긴다. 파, 솔, 시, 건반 위를 내딛는 음이 울린다. 그러다 자그만 케이크 상자를 내려다보곤 레에에, 걸음이 더뎌진다. 쩌억, 쩌억, 차진 반죽 위를 걷는 소리가 그녀를 뒤쫓는다. 십 년여간 끈덕지게 잠 속에서 울리는 소리가. 담황빛 케이크 반죽으로 뒤덮인 굽잇길을 맨발로 걷는 남편의 발소리가, 잠에서보다도 명료히 들려온다. 그리고 그녀는 또 묻는다. 자기가 날마다 케이크를 먹지 않았더라면, 해서 남편이 날마다 케이크를 먹는 일이 없었더라면, 아직 살아 있을까? 하고.

스물한 살 이후로 진숙은 건강검진을 받지 않았다.
남편은 사십 대에 접어들자, 본인에게 주는 선물이라며 생일마다 검진했다. 매년 생일이면 다른 병에 걸렸다고 통보받더니 끝내는 몸에 성한 곳이 한 군데도 없게 됐다. 술 담배도 끊은 지 오래였건만 결과는 그랬다. 남편은, 수분과 산소만으로도 매 순간 광포한 작용을 일으키며 낯선 물질로 변했다. 그녀에겐 그렇게 비쳤다. 다니는 병원 수가 늘고 복용하는 약이 늘수록 고로롱고로롱했다. 눈에 띄게 상해 갔다. 당나귀기침 같은 소리가 언제나 집을 메웠다. 그의 식습관을 의사들은 간파했고 한목소리로 권고했다.

케이크, 끊으셔야 합니다!

그러나 그는 그러지 못했다.

생애 첫 암 진단을 받은 날, 남편은 술도 담배도 심지어 술 담배를 가까이하는 친구들까지도 그날로 끊었다. 그런데도 케이크는 내치지 못했다. 술 담배를 근절하고부터 케이크에 극렬히 집착했다.

숨겨도 소용없었다. 케이크에 갈급 난 남편은 귀신같이 찾아 아내 몰래몰래 삼켰다. 하는 수 없이 그녀는 끼니때마다 제과점에 가기까지 했다. 미리 사 둔 케이크를 한 조각씩 먹고 왔다. 하지만 빙판길에 구른 뒤로 그 방법은 포기했다. 노인에게 눈비 뿌리는 날의 외출이란, 저승사자에게 휘파람을 부는 거나 진배없었다.

그렇다고 그녀가 케이크를 끊을 순 없었다.

스물한 살 때부터 진숙은 케이크를 주식으로 삼아 왔다.

정체 모를 병으로 한 해 동안 몸져누워 있었는데, 할아버지가 사다 준 케이크를 먹곤 바로 기운을 차렸다. 손녀딸이 죽기 전에 케이크라도 먹일 셈으로 한 행동이, 목숨을 구했다. 이후 그녀는 케이크만 먹었다. 숨 쉴 기운도 의욕도 없이 휘

늘어져 있다가도, 케이크만 목으로 넘기면 쌩쌩해졌다. 온종일 비버나 미어캣처럼 부지런을 떨어도 까딱없었다. 너무도 명쾌한 양생법이었다.

케이크는 그녀 몸을 이루는 주요소다.

그야말로 진숙 자체가 케이크인 것이다. 그녀는 왕왕 이런 생각이 들었다. 남편이 멀리했어야 하는 건, 술 담배가 아니라 아내였다고. 둘의 공생은 무리였다고. 산책이라면 진저리 치는 큰언니랑 보더 콜리의 동거. 그에 버금가게 부조리했다고.

진숙이 멈칫한다.

쩍쩍거리며 뒤따르는 발소리를 떨어내고 등을 곧추세운다. 이악스러운 상념에서 탈피해 스스로에게 말한다. 암 진단을 받기 전에 남편은 방 거실 욕실 가리지 않고 밤낮없이 담배 연기를 뿜었으나, 자기는 그가 케이크에 눈이 뒤집히고부터 매양 숨어서 먹었다고. 최대한 그를 배려했다고. 맹세코 케이크를 권한 적이 없다고. 그가 죽고 나서도 자기는 십 년이 넘도록 부단히 케이크를 먹었는데도, 이리 멀쩡하지 않으냐고! 십 년 아니 이십 년 뒤에도 팔팔할 테라고!

생각에 붙들린 탓에 한참 만에야 약속 장소에 이르렀다.

붉고 둥근 간판의 중앙이 쉼표 모양으로 뚫렸다. 커튼이 꼼꼼히 쳐져서 식당 내부가 안 보인다. 단층 건물에 고만고만한 가게 다섯이 꼭 비슷한 취향의 친구들처럼 들어앉았다. 부근의 상점들과 사뭇 다르다. 먼 동네에서 삽으로 푹 떠서 옮겨 놓은 듯하다. 장신구 공방엔 파란 간판에 느낌표가, 찻집엔 흰 간판에 줄임표가, 서점엔 검은 간판에 큰따옴표가, 옷 가게엔 노란 간판에 물음표가 제각각 뚫렸다. 가게들 창문 너머를 기웃대며 손님들을 훑는다. 차림새로 보아 딴 동네 사람들이라고 짐작한다. 식당의 선홍색 여닫이문을 당기려는 찰나, 문이 열린다. 진숙이 맞닥뜨린 남자에게 묻는다.

"마윤오 씨?"

총구라도 겨눠진 양 그가 한 걸음 후퇴한다. 상상했던 여자와 영 동떨어진 형체를 보곤 멍해진다. 머리에서 직각 삼각자가 날아가고 원형 각도기가 날아든다. 남자의 벙찐 표정만 지켜보다가 진숙이 재차 "마" 하는데,

"삼, 삼발이……."

남자 정신이 돌아온다.

"좀 늦었죠? 우선 이거부터 받아요."

케이크 칼로 금을 싹 긋듯 말을 자르고 진숙이 투명한 상자를 들이민다.

"거래가 잘 성사되면 함께 먹을 요량으로 샀답니다. 그러느라 좀 늦었고. 어디, 오토바이부터 볼까요?"

턱수염이 잘 손질된 시신 같다고 여기며 그녀가 빤히 보자, 윤오가 얼른 케이크를 받아 들고 몸을 돌린다.

"아, 네, 이리로."

밖이 아니라 안으로 안내하는 남자를 의아스러워하며 진숙이 따라 들어간다.

한낮인데도 윤오 얼굴색만치나 어둑하다.

달칵 소리와 함께, 식당 중앙에 길게 드리워진 전등에서 희끄무레한 빛이 퍼진다. 왼편으론 원목 식탁 하나에 의자 둘뿐이고, 오른편으론 새까만 비닐을 씌운 덩어리가 자리를 차지했다. 개업을 준비하는 것처럼도 보이고, 폐업을 앞둔 것처럼도 보인다. 자신의 멋쩍음을 걷어 내듯 그가 비닐을 걷으니, 노란 삼발이 오토바이가 어서 시동을 걸라며 반짝 빛을 튕긴다.

"후진기어도 달렸댔죠? 뭣보다 앞 바구니가, 이게 맘에 드네. 견고해. 게다, 덮개까지!"

오토바이가 아니라 바구니를 사러 온 사람처럼 진숙이 앞 바구니의 덮개를 잘깍잘깍 여닫는다. 만족스레 빙글거리다 이내 달콤한 감상에서 해리된다. 진지하게 휴대전화로 불을 비추며 부위마다 뜯어본다. 그러는 그녀를 관찰하는 윤오 눈이 가늘어진다. 여든 살도 훌쩍 넘어 보이는 거구의 노파가 오토바이를 훑고 또 훑는다. 무슨 흔적이라도 건지려는 경찰 같다. 저걸 타고 균형이나 잡을지 못 미더워하며 손끝만 씹는다.

"후!"

쪼그렸던 진숙이 휙 일어선 바람에 그의 눈이 활짝 열린다. 좀 전보다 10센티는 커 보인다.

"누유도 없고 마모 상태도 이만하면 양호하고…… 음, 이건 누가 타던 거죠?"

윤오 표정이 굳고 머뭇한다. 팔뚝 살만 끊임없이 잡아 뜯는다. 장례식이 끝나고 아내 전화기를 보니, 부재중 전화와 문자가 여럿 떴었다. 거반이 오토바이 수리점에서 온 거였다. 멈출 줄 모르는 그의 손에 진숙의 눈길이 가닿는다. 얼마나 짓씹었는지, 짧은 손톱 주위마다 살이 발그스름하다. 그런 손으로 청양고추 다지는 모습을 상상하자, 그녀 손가락들이 오그라든다. 그의 손동작이 턱 멎는다. 그는 판단한다. '죽은' 아내가 쓰던 물건임을 구태여 알릴 필요는 없다고. 적어도 거래가 완료되기 전에는.
"제, 제 아내만 이용했습니다."
며칠 전 식탁 위에 미리 꺼내 둔 영수증을 집는다.
"뒤 타이어, 배터리, 키 박스, 커버, 다 교체했는데, 그러곤 한 번도 안 탔습니다. 헬멧도 거의 새건데 그냥 드릴게요. 여기, 수리한 영수증……."
"됐어요. 한눈에 알겠는걸, 뭐. 이리 말쑥하게 만들어 놓곤, 어째서 헐값에 치우려는 거죠?"
대충 둘러대도 아무 문제 없는데 입이 안 떨어진다. 뜻밖의 질문에 떠밀려 생각에 풍덩 빠지고 만다. 아내의 다른 물건들은 아직도 집이며 식당 곳곳에 널려 있건만, 그러고도 자기는 무덤덤하건만, 한사코 이걸 없애려는 동기가 뭔지,

왜…… 스스로에게 해 본 적도 없는 질문이다. 대답을 기다리던 진숙의 눈에 파르스름한 후사경 얼룩이 암세포처럼 침윤한다.

작을지언정 위험스러운 방추형이다.

작다고 간과했다간 등에 비수를 꽂을지도 모를 비정상성.

그 석연찮은 얼룩에 손가락을 댄다. 약간 도드라졌다. 문질러도 지워지지 않는다. 티끌 하나 없는 오토바이에 남은 유일한 자국. 정비사도 남편도 지우지 못하고 기어이 남길 수밖에 없던 흔적. 무엇에서 기인했을지 유추하며 손을 놀린다.

더러워진 자국.

이 얼룩의 원인을 들춰내면 그의 아내가 어떤 사람인지 조금이나마 알게 될지, 자신이 죽고 나면 얼마나 많은 얼룩이 여기저기에 남을지, 자기 남편은 이 세상에 얼마나 많은 얼룩을 남겼는지…… 숱한 질문이 그녀 머리에 깊게 얕게 얼룩진다.

둘의 대화가 단절되자 정적이 차차 밀도를 높이며 자신의 존재를 드러낸다. 츠으으, 전등이 내던 미미한 소리마저 어마어마한 크기가 됐다. 얼룩 지우기에 잠깐 정신이 팔렸던 진숙이 머리를 든다. 별것도 아닌 질문에 여전히 회답이 없자, 윤오를 유심히 본다. 단칼에 그의 낯을 벨 것처럼 눈에 날이 선다. 이토록 어색한 분위기를 만들면서까지 입을 다물고 있는 게 미심쩍다.
"아내만 이용했다니, 아내한테 문제가 생긴 거로군."
대화라기엔 작고 혼잣말이라기엔 큰 음성을 듣고도 그는 주저주저할 뿐이다. 가위표를 치듯 그녀가 팔짱을 낀다.
"역시! 헤어진 거거나 아픈 거라면, 당신이 그러고 있진 않겠죠."
그는 동공이 한껏 확장된 채로 마른침만 삼킨다. 이런 바보 같은 반응이 그 자신도 납득이 안 된다. 멱살을 거머쥐듯 진숙이 오토바이 손잡이를 잡쥐었다가 놔준다. 손잡이 끝에 늘어진 노란 가죽 술이 살랑이며 몸을 턴다.
"음, 망부의 삼발이라······."
중범죄를 저지르다 들킨 양 그의 목이 꺾인다. 그녀는 눈앞 생물체의 변화를 일별하고 오토바이에 걸터앉는다. 풍만한 오른팔을 여유로이 손잡이에 걸친다. 불과 몇 분간의 대화에 윤오는 벌써 까부라질 판이다. 식탁에서 의자를 뺀다.

꺅!

그를 대신해 나무 의자가 외마디 소리를 내고, 그는 다소곳이 궁둥이를 붙인다. 거짓말해서 엄마한테 야단맞은 아이같이 케이크 상자 모서리만 만지작거린다. 장례식장에서 엄마가 소개한 정신과를 찾아갔어야 했다고, 유순히 엄마 말을 들었어야 했다고 후회한다. 난데없이 엄마가 그립다. 엄밀히 말해, 밍밍한 엄마 음식이 그립다. 가지무침 매생잇국 미나리전 나박김치…… 갈수록 그의 낯에 물안개가 자욱해지고 그럴수록 진숙의 눈은 자신에 차서 번뜩인다.

"자꾸 망자들하고 얽히네. 뒷동네 여자도 그렇고, 하다 하다 당신 아내까지……."

범인을 궁지에 몰아넣은 노련한 형사처럼 웅얼대다 돌연 헬리콥터 이륙음을 터뜨린다.

"설마! 이걸 타다 목숨을?"

"아닙니다! 어, 어떻게 그런 걸 팔겠습니까!"

"됐어요, 그럼."

그녀가 빨딱 서서 지갑을 열고 오만 원권 지폐 뭉치를 내준다.
"자요, 오십만 원. 시승 좀 해 보죠."
"뭐, 이러실 거까지……."
그가 손을 내젓자 진숙이 눈을 뚱그렇게 뜬다.
"내가 타고 고대로 날기라도 하면 어쩌려고요? 받아요."

문 앞에서 진숙이 오토바이에 오르는 모습을 윤오가 떨리는 눈으로 주시한다. 안전모 턱끈을 옥죄며 그녀가 턱짓한다.
"조기, 조기 목공소까지만 갔다 올게요."
엉겁결에 그가 합장하자 진숙이 폭발하려는 웃음을 삭인다. 그녀 집에서 가깝지만, 삼십여 년 만에 들른 동네다. 아까보다 멀리까지 휘둘러보고 나니, 원경과 더불어 이 건물이 달리 보인다. 예전에 방앗간, 떡집, 기름집이 쪼르르 있던 데가 분명하다고 여긴다. 기계 돌아가는 소리와 참기름 향으로 휘덮였던 데라고.
두두! 두두!
일 면 머리기사처럼 시동음이 울린다.

정말 대문짝만한 활자가 윤오 앞을 쌩 지난다.

오토바이가 멀어지는 소리를 들으며 그가 몸을 떤다. 짓이겨진 아내 살점들이 하나로 뭉쳐 다시금 오토바이를 몰고 있는 것 같다. 그에게서 또 저렇게 멀어지는 것 같다.

오랜만에 오토바이와 한 몸이 된 진숙의 심장이 쿵쾅댄다. 매끈한 금속성 몸체의 진동이 말랑한 유기체를 뒤흔든다. 오래된 양옥들 사이로 띄엄띄엄 자리 잡은 한옥, 미로같이 고불거리는 곁길, 노목 옆으로 치솟은 하얀 띠무늬 바위까지, 거의 다 옛 모습 그대로다. 오토바이는 애초부터 진숙의 것인 양, 그녀가 원하는 대로 나긋이 작동된다. 방향을 틀자, 모퉁이 폐목공소가 정면에서 보인다. 한번 멈춰 본다. 중고라서 우려했던 쏠림 떨림 밀림 같은 문제도 없다. 안도의 숨을 쉰다. 오토바이를 통해 윤오 아내를 얼마간 알게 된다. 색색의 헤드폰을 낀 젊은이들이 폐목공소 안팎을 페인트칠한다. 화려하게 옷이 입혀지는 목공소에 그녀가 머리를 갸웃하고, 되처 식당 쪽으로 방향을 튼다. 시승을 마치고 돌아오자마자 오토바이 양도 관련 서류니 보험이니 등록에 관해 윤오와 얘기를 마쳤다. 그리고 이 순간만을 기다린 사람처럼 날렵히 상자를 연다. 백색 케이크를 꺼낸다. 정중앙에 길쭉한 초를 꽂더니 불까지 붙인다. 순간 윤오 눈에도 노랗게 불이 켜진다.

"자, 불어요."

윤오 쪽으로 케이크를 쓱 민다.

"예?"

"당신 아내를 위해. 내 오토바이를 위해."

그는 그저 불만 본다.

엉뚱한 순간 엉뚱한 사람이 그 앞에 켜 놓은 불을.

끄라고 붙인 불을.

꺼지려 켜진 불을.

한순간 제 몸을 밝혔다 사라질 운명의 불을.

세상 어디에서나 똑같은 운명을 지닌 케이크의 촛불을.

"어서요."

얼결에 촛불을 끈 윤오의 눈이 바람에 가불거리는 불꽃처럼 흔들린다. 아내 장례식에서조차 나오지 않은 눈물이 뚜르르 흐른다. 걷잡을 수 없이 어깨가 들썩이고 억눌린 통성이 새어 나오더니 흐느낌으로 변주된다.

그러거나 말거나 진숙은 케이크를 반으로 싹 자른다. 개방형 주방에서 숟갈 두 개를 가져와 윤오 쪽에 하나를 놓는다. 곧이어 자기 쪽 케이크를 폭 떠먹는다. 끝없이 흐르는 그의 눈물에도 개의치 않고 그녀가 더 크게 한입 먹는다. 고목 둥치 같던 얼굴이 바로 밝아진다.
"이 집 생크림 맛이 제법이네! 어서 들어요."
숟갈까지 쥐여 주는 그녀의 재촉에 못 이겨, 그도 숟갈을 움직인다. 파들대는 입술 사이로 한 숟갈 떠 넣는다. 하도 오랜만에 입에 들인 단맛에 몸이 즉각 반응한다. 주체할 수 없는 떨림이 정수리에서 목으로 팔로 허벅지로 퍼진다. 진숙은 자기 몫을 다 먹어 치우고 식탁에 양 팔꿈치를 괸다. 불붙은 낙엽처럼 파르르하는 윤오 입술만 바라본다. 단맛에 기권하고 그가 숟갈을 내려놓자 그녀가 케이크 받침을 뺑 돌린다. 나머지를 다섯 번의 숟갈질로 끝장낸다.
그의 얼굴에 드리운 물안개는 더욱 걸쭉해지고, 그녀 얼굴엔 햇살이 깃든다. 전등보다도 환해진 진숙이 뿌예진 윤오와 마주 앉아 정적을 밝힌다.

이러는 두 사람을 품은 건물은, 오늘도 분쇄와 착즙과 반죽의 향연을 즐긴다. 땅 밑에 찹찹히 쌓인 시간으로부터 번져오는, 찧고 빻는 울림과 향과 질량감에 취해 전율한다. 자신이 새롭게 설계된 목적도 잊고, 기초다 기둥이다 벽이다 완벽히 무장 해제당한 채 절정으로 치닫는다. 단단한 몸이 갈리며 내는 신음성, 여리고 납작한 몸이 으스러지며 흘리는 고소한 핏물, 맑은 물과 뒤엉기며 빚어지는 차지고 차진 덩어리의 체취로, 이 순간 건물은 깊디깊은 황홀경에 빠진다.

시간 그물

"나를 잘게 찢어 죽을 끓여. 아홉 명이 배불리 먹기에 충분할 거야."

버섯이 말하고, 나는 귀 기울인다.

"나는 곧 시들 거야. 얼른 부엌을 찾아. 우리를 기꺼이 맞이할 부엌을."

버섯의 말대로라면 아홉 명을 한꺼번에 피실험자로 삼겠다는 뜻인가. 하나, 우리라니. 버섯과 내가 어찌하여서 우리란 말인가.

"나는 너를 원한 적이 없어. 그저 네가 나에게 먼저 말을 걸었을 뿐이지. 네가 나를 선택하였다고 하여서, 내가 너를 받아들일 필요는 없다는 말이지. 또 나를 시험대에 올리고 싶지도 않고. 더구나 이러한 숲에서 부엌이라니?"

제 뜻을 다 전하였다는 듯이 버섯은 묵묵하다.

여전히 귓바퀴에 맴도는 버섯의 소리가 따사로운 물방울이 된다. 귓속의 긴 관을 타고 흘러든다. 나를 움직이고자 하는 버섯의 열의가 뜨거운 피처럼 온몸으로 퍼진다. 끝내 나의 심장이 흔들리고 만다. 휑한 심장이.

버섯 밑동을 다잡는다.

그리하자 식은땀을 흘린 병자의 손처럼 버섯에서 눅눅한 서늘함이 배어난다. 땅 아래의 어둡고 습한 기운이 나에게로 옮아오려 든다. 손으로 번지기 전에 버섯을 쑥 뽑는다. 예상보다 상당히 큰 대주머니가 거무튀튀한 흙에 꽉 안긴 채로 올라왔다. 토실한 물고기가 딸려 올라온 듯하다. 흙을 살살 턴다. 조밀히 매달린 술 같은 팡이실들이 꼬리지느러미 모양을 이루었다. 손에서 놓아주면, 허공을 힘껏 헤엄쳐 먼바다로 달아날지도.

쿠르릉!

버섯 곁을 지키고 서 있던 거목이 긴 여운을 남기며 무너져 내린다. 텅 빈 허물처럼 주저앉는다. 땅은 서너 번 쿨럭거리더니, 죽은 나무를 허겁지겁 빨아들인다. 그에 나무는 땅과 하나가 되고 바로 그 자리에서 검은 거미가 기어 나온다. 거미는 나의 오른 손등에 덥뻑 올라 그대로 살가죽에 스민다. 가늘고 기다란 다리 중 다섯이 손가락들에 죽죽 뻗어나가다가 손톱 아래에서 동작을 그친다. 손등을 뒤덮은 검은 문신이 되었다.

장식일까

주술일까

맹세일까

버섯과 거미와 나의 손이 이러하게 얽히었다. 억척같은 그물에 휘감기었다. 가없이 피어오르는 향을 가르며 바지런히 일하던 손, 그 앙상스러운 거미 같던 손, 둥둥 심장을 울리던 북소리…… 질긴 시간의 뿌리가 거물거물 물결친다.

내가 느낀 것들일까

나로 말미암은 것들일까

향도 손도 북도 나였던 것도 같고

내 밖의 존재였던 것도 같고

그저 내 안의 느낌이었던 것도 같고

아리송하다.

돈을새김된 죄

투명 인간이 가로막기라도 한 양, 두 아이가 일시에 멈춰 선다. 떡집 진열대를 우두커니 본다. 일회용 사각 접시에 자주색 송편 여덟 개가 가지런히 담겼다. 그 뒤로 '2000원'이라고 굵게 써진 종이가 붙었고. 아침부터 한 끼도 먹지 못해서 둘 다 속이 쓰리다.

"저 색깔 떡이 제일 맛있었지?"

꾀죄죄한 민아가 묻자 민규가 찰떡이 된 머리를 까딱한다. 그 밤 성당에서 먹은 송편이다. 둘의 얼굴이 마른 떡처럼 굳는가 싶더니, 갓 뽑은 가래떡처럼 금세 몰랑해진다. 민아가 손을 벌리니 민규가 천 원을 건넨다. 자기 돈과 합쳐 민아가 이천 원을 만든다. 구겨진 종이돈을 펴고 단정히 포개 아주머니에게 내민다.

"이거 주세요."

떨이 떡 칸으로 아주머니가 묵은 떡들을 치우다가, 돈을 받고 떡을 주고 다시 하던 일을 한다.

"그림물감을 탔나요?"

민아를 향해 아주머니가 눈을 치뜬다.

"그림물감? 소나무 속껍질로 물들였지!"

어느덧 떨이 떡 칸이 미어터졌다. 묵은 떡이 새 떡보다도 많아졌다. 아주머니 얼굴 역시 묵은 떡처럼 굳어진다.

"이 안엔 까만 설탕이 들었나요?"

민규 말에 바로 송곳눈이 된 아주머니가 "꿀하고 계피! 예서 알짱대지 말고 저리들 가!" 칼끼리 쨍쨍 부딪치는 소리를 낸다.

"개 피요?"

민규가 커다래진 눈으로 되묻자,

"계! 피!"

빨갛게 칠한 입에서 침이 튄다.

무슨 까닭으로 아주머니가 갑자기 뿔이 났는지 모르는 아이들은, 백 개도 더 되는 질문을 삼키고 발길을 돌린다. 버릇없이 굴지도 않았건만 왜 아주머니가 빽 내질렀는지, 아이들이 추리한다. 민아는 자기들이 냄새나고 꼬질꼬질해서라고 결론짓고, 민규는 예전에 아빠가 떡집 앞에다 토했을 거라고 믿는다. 그런 사유로 약국 아저씨가 아빠한테 큰소리 내는 걸 여러 차례 봤고, 그럴 때마다 빙 돌아서 다른 길로 갔기 때문이다. 자기가 토하지도 않았는데 창피했고, 그건 민규가 체험한 첫 수치심이었다. 아빠랑 한 가족이라는 극명하고도 뼈아픈 인식.

"성당 뒤에서 먹으면 더 맛나겠지?"

묻자마자 민아가 후회하며 민규를 흘긋 스쳐본다.

"긴 의자에 앉아서? 그때같이?"

"어."

민아의 기어들어 가는 답을 듣는 민규의 눈길이 긴 화살표를 그린다. 그 뾰족한 끝이 성당이 자리한 북쪽을 향한다. 누군가 심술궂게 착착 뜯어 놓은 모양으로 허연 구름이 흐트러져 있다. 하늘의 미세한 숨결에 따라 구름 조각마다 몸을 뒤튼다. 형태가 서서히 바뀌는 구름을 보면서 둘은 회상에 젖는다. 똑같은 음 몇 개만 흥얼댄다.

그날, 확성기를 통해 성당 일대를 물들이던 성가를 아이들은 잊지 못한다. 다는 몰라도, 되풀이되던 부분만은 머리에 오롯이 새겨졌다. 따스한 음률에 젖어 송편을 먹었다. 감미롭고도 섬뜩했다. 좋고 나쁜 기분이 동시에 샘솟아서 둘은 불편했다. 처맞는 엄마가 가여우면서도 멍청해 보였고, 술에 취해 나자빠진 아빠가 더러우면서도 불쌍해 보였던 것처럼. 민규는 자신을 포근하게 감싼 음률이 여차하면 목을 조를 것만 같았다. 그 달콤함과 두려움을 되새기며 민규가 머리를 끄떡인다.

"맞아, 그럼 더 맛날 거야."

그렇지만 그곳에 다시 가기란 수월하지 않다.

그때 이후로 둘은 성당 근처에도 가지 않았다.

그날 거기에다 민아는 뭔가를 질질 흘린 것만 같아 걱정스럽다. 떡을 준 수녀도 수상하다. 자기들이 조심성 없이 흘린 중거를, 그녀가 한 상자는 주워 담았을 거라고 염려한다. 나무로 지은 고해소 안에다 꼭꼭 숨겨 두고, 비밀을 까발릴 적시만 기다릴 거라고. 유달리 흰자위에 푸른빛이 강렬하고 손가락도 마른오징어 다리처럼 가늘었다. 그녀라면, 그러고도 남을 거라고. 그 수녀복 안엔 유리로 된 몸통이 들었을 거라고. 붉은 피 대신 맑은 공기가 담긴 아주 깨끗한 유리관. 어쩌면 인간으로 둔갑한 외계 생명체였을지도 모른다고. 떡을 주고 돌아가던 수녀는 사르르 미끄러지며 멀어졌다. 민아에겐 그렇게 보였다.

어느새 구름이 하늘에 완전히 녹아들어 자취를 감췄다. 허전한 북쪽 하늘에서 아이들이 시선을 거두고, 습관처럼 피신처 쪽으로 걸음을 내디딘다.

막다른 골목에 들어서기 전 정지한다.
다른 길과 잇닿은 경계에서 그곳을 본다.
차가운 손바닥이 두 아이 등마루를 느릿느릿 쓸어내린다.
머리칼 뿌리마다 딸싹딸싹하고 뺨에 성에가 낀다.
하지만 막상 이 경계선만 넘어서면, 더할 나위 없는 안온감에 잠긴다. 똑바로 설 수도, 허리를 펴고 앉을 수도, 기지개를 켤 수도 있는 관. 넉넉한 크기의 관처럼 편하고 안전하다고 아이들은 느낀다.
"진짜, 관 같지?"
"뚜껑도 없으니깐 하늘도 보이는, 그런 관?"
민규는 되묻고, 이쯤이면 꽤 근사한 관이라고 흡족해한다. 민아를 따라 골목으로 들어간다.
지금도 집에 있으면 아이들은 조마조마하다.
언제고 아빠가 현관문을 꽉 열어젖히고 들어와, 손에 걸리는 것마다 집어 던지고 주먹을 휘두르고 침을 퉤퉤 갈기고 욕을 퍼부을 것만 같다. 도무지 짐작도 안 가는 이유로 또 그럴 것만 같다. 그러나 이 골목엔 아빠 죽음의 냄새가 충만하므로 불안에 떨지 않아도 된다.
"지린내가 뜨겁지?"
"어."
금방 누군가가 벽에다 오줌을 누고 갔나 보다고 둘은 추측한다. 신선한 악취일수록 둘은 뜨겁다고 감각한다. 골목 끝에 방치된 책상 위의 책을 아이들이 내려다본다. 지지난밤 바람이 넘겨 놓은 책장을 민규가 읽는다.

"인간이 연필로 동그라미를 그립니다. 그렇게, 연필을 만든 태양과 바람과 눈과 비와 땅을 하나로 이었습니다. 작은 동그라미에서 인간은 그 모두를 감상합니다."

붉게 얼룩진 책을 민아가 탁 덮는다. 쓰레기로 넘쳐 나는 서랍에 욱여넣는다. 녹슨 철제 책상에 나란히 걸터앉는다. 그리고 자줏빛이 고운 송편을 먹는다. 혀에 닿는 송편의 질감이, 그 밤의 질감을 한 올 한 올 되살린다. 혓바닥에 치아에 뺨에 섬세히 살려 낸다. 이윽고 귓가엔 성가까지 차랑차랑 울린다. 아이들 뇌의 주름마다 장식된 꼬마전구가 발광적으로 명멸한다. 눈을 내리깔고 먹고 있으려니, 아빠가 엎어졌던 자리가 자꾸 눈에 들어온다. 어쩔 수 없이 목뼈를 세우고 정면을 본다. 건너편 담에 똑같은 대형 광고가 줄지어 도배됐다. 거기에 시선을 고정하고 떡을 씹는다.

총체적으로 아슬해 보이는 남자다.

쪼끄만 깜장 팬티만 꿰입고 위태위태한 자세로 서 있다. 터질 듯이 부푼 구릿빛 근육마다 잘 보이게, 죽을힘을 다해 몸을 비틀었다. 참기름을 고루 바른 송편같이 반드르르한 근육이 제각기 좌우상하로 탈출을 시도한다. 한곳에 뭉쳐 있기엔 비좁다고 하소연한다. 원대한 꿈을 이루어 근육들은 버젓이 최고점에 도달했다. 광활한 곳으로 뻗어 나가고자 분투한다. 남자한텐 눈 코 입도 달렸다. 그렇지만 아이들로선 그 속뜻을 읽어내기 힘들다. 야릇한 표정으로 둘을 건너본다.

민규가 남자를 복사한다.

두 눈을 부릅뜬다.

목을 비스듬히 꺾는다.

한쪽 입꼬리만 쓱 치킨다.

최대한 건방지게 미소 짓는다.

모두가 자기 발밑에 있다고 생각한다.

푸우우! 얼마 못 가 숨을 뱉는다. 자기는 흉내 내려야 낼 수 없는 표정임을 곧 깨친다. 전문교육 없인 불가능하다고 판단한다. 교육의 중요성을 새삼 깨친다. 다시 떡을 씹는다.

민아는 좀 흥분됐다. 자기가 떡을 씹으면 씹을수록, 남자 몸이 뒤틀리고 표정도 더욱 불가사의해지는 것 같다. 짜릿하다. 어느 결에 떡도 바닥났고, 뼈만 남은 궁둥이가 배긴다. 더 버티기 힘들어졌다. 그런데 남자 몸에 눈이 쏠려서, 몸이 뜻대로 안 된다. 자기한테도 저런 딴딴한 주머니들이 생길 수 있을지 궁금하다. 저렇게 변형되면, 지구에서 가장 깊은 지하철의 자동계단에도 끄떡없이 오를 것 같다.

눈을 게슴츠레 뜬다.

정신을 몽롱하게 푼다.

심호흡하자 몸이 울툭불툭 부푼다.

찝쩍대는 아이의 목을 겨드랑이에 끼운다. 팔에 살짝 힘만 주어 단방에 혀를 빼물게 한다. 그런 장면이 저절로 뚜렷해진다.

오도독!

목뼈가 휜다. 아이가 항복의 표시로 팔을 휘젓는다. 전봇대에 박치기하고 녹다운된 나방처럼 파닥파닥한다. 그러는 아이를 내팽개친다. 너부러진 아이가 눈물을 짜며 기어간다. 그 광경을 보곤, 덤비려던 나머지 아이들이 뒷걸음질한다. 흙바닥에서 찔찔대는 아이를, 비겁하게 아무도 돕지 않고 달아난다. 한편이던 아이들의 그림자도 남지 않았다. 알쏭달쏭한 공상 속에서 민아가 홀가분하게 웃통을 벗어 던진다. 깜장 팬티 바람으로 학교 운동장을 가로지른다. 구릿빛 근육이 햇살을 받아 번쩍인다. 땡땡한 종아리를 내려다보곤 저절로 입꼬리가 올라간다. 전력 질주 해 전방의 축구공을 걷어찬다. 상쾌한 선을 그리며 공이 날아가다가 공중에서 흩어진다.

민규가 책상에서 미끄러지듯 볼기를 뗀다. 검붉은 녹이 책상과 이별하고 바지에 접착한다. 허기가 가셔서 민규 얼굴이 느긋해졌다. 민아는 광고에서 눈을 떼지 못하고 책상에 붙박여 있다. 민규가 민아에게서 접시를 빼앗는다. 툭툭 분질러 네 조각을 만들어 서랍에 버린다. 책을 반쯤 게워 낸 책상에서 비로소 민아가 내려선다. 책상을 짚었던 손바닥을 비비자, 퍼석한 녹이 흩뿌린다. 광고 한가득한 근육에 여전히 눈길이 거머잡힌 채로 입만 벌렸다 오므린다.

"계피가 이런 맛이야?"

"나도 몰라, 계피."

민규가 뒤돌다 발을 헛디딘다. 아빠 머리가 박혔던 자리를 내리밟고 만다. 바닥에 들러붙어 떨어지지 않는 발에 사색이 됐다. 그러는 민규를 보고 민아가 질겁해 냉큼 잡아챈다. 민규가 디딘 자리에 탁한 물 자국이 찍혔다. 불안전한 계약서에 인주를 듬뿍 묻히고 찍은 지장처럼 선명히. 민규는 자기가 아빠 머리를 짓밟은 느낌에 와들대고, 민아는 민규를 이끌고 골목을 벗어난다. 이토록 더러운 곳에서 민규가 실신이라도 하면 답이 없어서이다.

무슨 일인지, 아빠가 죽은 날부터 외투가 몸에서 벗겨지지 않는다.

그런 외투에 오줌이라도 묻는 날엔 무척이나 골치 아플 테다. 민규랑 항상 붙어 다니는 민아 외투에서도 지린내가 풍길 테고. 딴 아이들한테 지금보다도 더한 걸레 취급을 받을 게 뻔하다. 둘은 그간 성장하지 않았고, 그 덕에 옷이 터지는 일은 없었다. 대롱대롱 매달린 메주처럼 내적으로 성숙하게 발효됐을 뿐, 물리적 증가는 전무했다. 키우는 꿈이 없어서인지, 성장판마저 스스로를 닫아 버렸다.

민아가 발을 멈춘다.

"있잖아, 저녁에 가면, 그럼 있지 않을까?"

"맞아! 엄만 거기 저녁에만 갔잖아!"

오늘에야 그 사실을 깨달은 자신들의 어리석음에 한숨을 토한다.

"저녁이 되려면 아직 멀었어. 떡도 먹었고. 걸어가자. 그럼, 너도 같이 갈 수 있잖아?"

민아의 제안에, 민규는 좀 전의 일도 까맣게 잊고 마음이 들뜬다. 늘 샛길에서 민아를 기다리기란, 썩은 어금니보다도 괴로웠다. 잇몸의 고름 주머니도 잊을 만큼 괴로웠다.

홀로 있으면 머릿속 시계가 제멋대로 움직인다.

채칵채칵, 시곗바늘이 마구 거꾸로 돌아 성탄 전야로 되돌아간다. 그날을 거듭 살아야 한다. 하필 그것도 꼭, 민규 혼자서 아빠를 발견한 순간으로 되돌려 놓는다. 그 시간으로부터 도망치려 들면, 어김없이 아빠는 벌을 내렸다. 오래전 그가 민규 목에 걸어 둔 질긴 올가미가 잘끈잘끈 조여 왔다. 그러므로 아예 포기한 지 오래다. 같은 경험을 하루에도 수십 수백 번 해야 한다. 민아와 함께라면 별문제 없지만, 혼자선 감당이 안 된다.

민아랑 그 시간을 더듬는 일은 오히려 민규에게 힘이 된다. 민아는 민규가 한 모든 행동을 보드라운 이불로 덮듯, 별일 아니라는 양 덮는다. 하지만 민규 혼자 있노라면, 그날 자기가 한 짓 하나하나가 고스란히 아빠가 죽은 원인으로 비쳤다. 그날 자기가 숨 쉬고 있던 사실마저 사인이 됐다. 자기가 태어난 게 사건의 발단이었다. 자기 존재 자체가 죽음을 불러 온 것이다.

다 죄였다.

죄의 무게는 시시때때로 형태를 바꾸며 민규를 괴롭힌다. 심지어 수업 시간에도, 민규의 뾰족한 턱을 들이갈겨 의자에서 고꾸라뜨렸다. 반 아이들의 훌륭한 놀림감으로 만들었다. 혼자서 괜히 아무 때나 나동그라지다니! 자신이 생각해도 우스꽝스럽기 짝이 없었다. 죗값을 치를 수만 있다면 민규는 그러고 싶다. 몸에 돋을새김된 죄를 박박 문질러 지우고 싶다. 그렇지만 그 방도를 모르기에, 그냥 죄를 등에 짊어지고서 학교에 가고 잠을 자고 거리를 배회할 따름이다.

단꿈에 빠진 아홉 숟가락

지금 내가 가진 것은 버섯뿐이다.

버섯은 죽이 되기를 원하였다. 내가 무엇인지도 모르겠는 마당에 버섯죽이라니. 그러하나 은비버섯을 뽑은 이상, 그 소망을 외면할 수도 없다. 죽을 쑬 곳을 찾아야 한다. 얼마나 걸었으려나. 어둠이 걷히고 빛이 되살아나고 물 냄새가 농밀해지자, 멀찍이서 건물 하나가 조금씩 형체를 드러낸다. 원통형이다. 아무래도 저 안에 부엌이 있을 가능성은 희박하여 보인다.

치마 호주머니에서 조심스레 버섯을 꺼내어 살핀다. 은빛의 찬란함이 다소 사그라들었을망정, 아직 시들지는 않았다. 가만히 주머니에 담는다. 오른 손등의 거미 문신이 썩 검다. 손끝으로 문지르니, 거미의 방패형 몸통이 귀찮다는 듯이 두어 번 꿈틀한다. 손바닥으로 찌릿함이 흐르다가 차차 너누룩해진다. 무성한 풀을 실바람처럼 헤치며 건물 쪽으로 나아간다. 억센 풀과 나긋한 풀이 갈마들며 나의 지친 다리를 풀어 준다. 나에게서 떨어져 나간 노곤한 기운마다 풀들이 빨아 삼킨다. 땅 밑으로 꾸준히 흘려보낸다. 이러함을 온몸으로 투명하게 보고 있자니, 온 기운이 그리로 몰리어 아뜩하다. 다시금 몸을 세워 앞을 본다.

상한 당근케이크 같다.
울타리도 없다. 벽돌 모양의 불그레한 나무만 빽빽하게 박힌 건물은 죄 낡아 빠졌다. 대체 얼마큼의 세월을 견딘 것인지 가늠조차 안 된다. 건물 옆으로 우물도 있다. 마르지 않은 우물. 하늘을 명징하게 비추고 있을 만치 티 없이 아한 물이다. 기다란 나무 문에는 결이 독특하다. 거대한 주먹이 겹겹의 파문을 내모는 형상이다. 번지수이려나. 갸름한 동그라미 둘 사이에 작대기 하나가 투박하게 음각되었다. 산룡자가 조각된 쇠고리에 손을 대자 슥 열린다.

빛기둥이다.

엷은 빛이 중앙에 흐릿한 기둥을 세웠다. 순백의 바위가 한복판에서 솟아난 거실 위로, 조그마한 원형 천창이 나 있어서이다. 그러하여서인지 중정처럼도 느껴진다. 맞은편으로도, 방금 들어온 문과 같은 크기의 문이 보인다.

그것까지 마저 열자 빛이 맞통한다.

마치 잘 벼른 장검이 집을 관통한 듯하다. 문 하나는 숲을 향하여 가슴을 내밀고, 다른 하나는 호수를 향하여 입을 벌린다. 숲과 호수의 기운이 빛기둥에서 듬쑥 껴안았다가, 짐짓 아무 짓도 안 한 체하며 밖으로 내닫는다. 빛기둥이 흐트러졌다가 도로 꿋꿋하여진다.

둥글린 사다리꼴의 공간 넷이 원통형의 단층집을 이루었다. 동그란 거실을 중심으로 공간들이 굵은 빛살처럼 방사형으로 뻗었다. 부엌도 창고도 욕실도, 침실과 공평하게 같은 넓이이다. 벽창들은 하나같이 옹색하다. 네 장의 비좁은 화폭에 겨우겨우 바깥 풍경을 담았다. 세면대도 변기도 수전도 없이, 욕실에는 타원형의 나무 욕조만 있다. 헌 수술대만 내버려진 폐병원 수술실 같다. 침실에는 베개나 이불도 없이 침대만 덩그러니 놓였다. 폐가에 어울리지 않게 흰 침대보가 씌어졌다. 한 명이 눕기에도 바듯해 보인다. 깃들인 짐승이나 인간의 흔적은커녕 먼지 한 톨도 없다. 요 근래에 치운 느낌이라고는 들지 않는 괴괴한 정갈함이다.

인간들의 발그림자가 끊긴 지 얼마나 된 것일까.

부엌을 통하여서도 밖으로 드나들 수 있다. 부엌문을 여니 뾰쪽한 산이 가마득히 보인다. 봉우리만 희게 장식된 산이다. 만년설인가 보다. 큼직한 솥이 얹힌 아궁이 두 개가 부엌 한편을 차지하였다. 그 주위로 그을음이 먹장구름처럼 끼었다. 손으로 쓸자, 촘촘히 박힌 노란 타일이 드러난다. 중간중간 파란 타일도 보인다. 좀 더 힘주어 문질러 본다. 자잘한 타일마다 다른 세밀화가 그려졌다. 뿔이 무지막지한 네발짐승도 보이고, 더듬이가 복잡한 곤충도 보이고, 꽁지가 화려한 새도 보인다. 맨 덥고도 메마른 곳에서나 살 법한 생물뿐이다.

창고에는 장작이 수북이 쌓였다. 기묘하리만치 일정한 길이로 팼다. 잘 마른 장작들을 날라 일단 아궁이 옆에 둔다. 반대편 벽의 찬장을 여니, 큰 접시며 우묵한 그릇이며 두둑한 잔이며 모두 아홉 개씩 정연히 놓였다.

아홉 명이 먹기에 충분할 거라던 버섯의 말이 떠오른다.

행여나 하여 서랍장도 열어 본다. 넓적스레한 서랍 속은 평화로운 침실 같다. 광택을 잃은 아홉 개의 숟가락이 서로들 등을 껴안고 모로 누워 있다. 모두가 하나의 단꿈에 빠진 양 모두가 같은 자세로 편안히들 잠들었다. 휑뎅그렁한 침실보다 도리어 아늑해 보인다. 마지막 숟가락 뒤에 나도 눕고 싶다. 저들의 단꿈에 함께 빠지고 싶다.

특이 손상

상필은 조카의 휴대전화와 유서, 열쇠까지 양은 밥상 위에 얹는다. 나무 유골함 주위로 조카의 가벼운 유품들이 모였다. 이 중에서 해체된 구두가 조카랑 가장 닮았다고 느낀다. 방 귀퉁이에 잘 개켜 둔 요를 바닥에 깐다.

십 년 전, 근방 재래시장에서 그가 조카에게 사 준 요다. 그날 이불 가게를 나서자 조카는 바로 앞 가판대에서 핫도그 두 개를 샀다. 그중 약간 더 통통한 것을 그에게 건넸다. 케첩을 담뿍 뿌려 달라고 모깃소리로 주문하던 모습이 지금도 선연히 형상화된다. 금가루도 아니고 고작 케첩을 뿌려 달라면서도 겸연쩍어하던 표정이. 그의 마음 한구석을 잿빛으로 물들인 기죽은 몸짓이. 그 오랜 세월 동안 조카와 함께 먹은 음식이라곤 그날의 핫도그가 전부임을 깨닫는다. 이사한 날 그 흔한 짜장면 한 그릇 시켜 주지 않은 게, 그의 목에 모난 돌처럼 걸린다.

희부연 요는 닳고 닳아 좍좍 벌어진 세로줄투성이고 치밀하게 보풀이 일었다. 조카 외면과 수없이 마찰해서 부풀고 일어난 화학섬유 덩이. 보풀마다 좁쌀처럼 딱딱하게 뭉쳤다. 조카 내면에 뭉쳤을 수없는 염증 덩이처럼. 피가 도는 육신이 손상되어 본능적으로 방어하려던 흔적처럼. 당시 그가 손수 깔아 준 노란 장판 역시 때가 절어서 검누렇게 반들거린다.

상필은 벽시계의 초침이 된 기분이다.

더께가 앉아 시뿌연 시계는 1시 19분 54초에 정지해 있다.

1시 19분 54초.

저 시간에 얼마나 머무른 걸까 궁금해진다. 조카가 죽은 뒤부터인지, 죽기 전부터인지. 저 시계도 그 자신도, 엉뚱한 부두에 정박한 꼭 길 잃은 배 같다고 생각한다. 다시는 닻이 올려지지 않을 배. 외양만 배인 배. 코앞이 푸르게 물결쳐도 다시는 그 물결에 몸을 싣지 못할 배.

그는 검누런 바닥과 수평을 이룬다.
조카가 매달려 있었다는 바로 그 자리 아래에, 초침 같은 몸을 반듯이 뉜다. 천장의 더러움이 자신을 내리덮을 것만 같다. 얼룩덜룩한 천장만 보고 있으니, 곳곳에 박힌 못이 셋, 넷…… 차차로 초롱초롱해진다. 을씨년스러운 별자리를 이루어 간다. 열아홉, 스물…… 그의 시선이 미치는 범위에 돌출한 왕못만 해도 스물여덟 개다. 이름 붙이고 싶지 않은 별자리가 기어코 탄생한다.
매달아 두는 용도……
경찰의 설명을 시름시름 반추한다. 원래 창고로 쓰이던 곳이라서, 이것저것 매달아 두는 용도로 쓰인 오래된 못들이 수두룩했는데, 거기에다 끈을 단단히 매듭짓고 목을 맸으며, 타살을 추정할 만한 특이 사항도 신체의 특이 손상도 없던 것은 물론이고, 휴대전화와 칠십만 이천 원의 현금과 교통

카드도 발견됐고, 잘 접힌 유서와 함께 서류 봉투에 가지런히 들어 있었다고, 조카 또래의 경찰은 일일이 성실히 알렸다. 그런 뒤 죄인처럼 눈을 내리뜨고 조카의 전화기를 줬다. 최근 통화 목록에 상필의 번호만 딸랑 찍혀 있었다.

자신을 저장한 글자를 본 순간 축축한 음성이 들렸다.

외삼촌……

물난리 직후 그가 사 준 거였다.

얼마나 통화를 안 했는지, 갓 공장에서 출고한 것 같았다. 그래도 살해된 게 아니라 천만다행이라고 생각하다가 움찔한다. 조카가 여기 이렇게 누워서 저 굵은 못들을 볼 적마다 했을 상상에, 펄쩍 일어나 앉는다. 어쩌자고 저 흉한 것들을 뽑지도 않은 채, 하루하루가 막다른 골목이었을 애를 이곳에 데려다 놨을까 하며 머리를 흔든다. 그러자 하나의 상상이 무질서하게 여럿으로 갈라진다.

밀려드는 어지러운 무늬의 감정을 짓씹는다.

조카와 같이 온 날에도 저 못들을 본 기억이 난다. 저걸 쳐다보면서 자신이 혀를 찬 순간까지 생생하다. 감옥 같은 기억에서 석방되고자 더뻑 일어서는 순간, 또 다른 기억이 그를 휘어잡는다. 빼각빼각, 제 얼굴만 한 창문을 조카가 열고 그 앞에 멀거니 섰다. 뒤통수에 주먹 크기의 면적이 텅 비어 있었다. 누가 머리를 한 움큼 잡아 뽑은 것처럼 보였다. 어깨는 왼쪽으로 썩 기울었는데도, 양팔이 같은 지점까지 늘어져 있었다. 그제야 알아챈 그는 망연히 바라봤다. 그걸 보고도 조카한테 아무것도 묻지 않았다. 특이한 외형이었으나, 손상까진 아니었고, 사는 데 별 지장은 없을 듯했다. 그렇게 보였다. 그렇게 보고 싶었다. 그렇게 믿어 버렸다. 그렇게 머리에서 가슴에서 조카를 밀어냈다.

자신과 조카가 담긴 한 장의 그림.

그 엉성한 그림이 점점점점 한 폭의 정밀화가 되어 펼쳐진다. 조카에 관해서라면, 너무 많이 너무 깊게 알고 싶지 않았다. 무겁거나 가볍거나 상관없이, 책임이라면 떠안고 싶지 않았다. 경제적으로도 감정적으로도, 더는 조카의 짐을 짊어지고 싶지 않았다. 핫도그를 먹으면서 조카가 지나는 말로 "암 같은 거라도 발견될까 봐서요, 저는요, 무료검진은 매번 건너뛰어요. 알면 뭐 해요. 고칠 돈도 없는데."랬을 때도, 솔직히 그는 한시름 놓았다. 조카의 병이라면, 그도 알고 싶지 않았다.

벅찼다.

그랬던 자신의 마음마저 떠올라 뺨이 타오른다. 한동안 잊고 살아온, 바로 그 길고 짧은 조카의 팔들이 그의 가슴을 할퀸다. 고개를 돌리자…… 유골함이 그를 담담히 건너본다.

부디

바람에

날려 주세요

그는 다짐한다. 좋은 곳에서 조카를 바람에 날려 보내겠다고. 하지만 좋은 곳? 조카한테 좋은 곳이 어떤 데일지, 생전에 조카가 가 본 장소 가운데 제일 마음에 든 곳은 어디였을지, 그로선 캄캄하다. 그러다 생각한다. 아마 조카도 자기가 좋아하던 곳을 모를 테라고. 사는 동안 단 한 군데도 없었을지도 모른다고. 이제 보니, 그에게도 이 넓디넓은 세상에서 딱히 애정 가는 장소가 없다. 없다.

배낭과 검은 비닐봉지에 든 잡동사니를 몽땅 꺼낸다. 봉지에 유골함을 담는다. 꺼끌거리는 베갯잇을 벗기고 그 안에 봉지를 넣는다. 벽에 걸린 양피지 같은 수건 두 장으로 베갯

잇의 빈 곳을 채운다. 그런 뒤 배낭에 집어넣는다. 배낭을 앞에 메고 문을 나서기가 무섭게, 코를 찢어발길 듯이 매운 공기가 그를 공격한다. 온갖 것을 한꺼번에 태우는 냄새가 몰려온다. 처음 이 집을 보러 온 날이 떠올라 거세게 고개를 젓는다. 건물 뒤편에서 쓰레기를 마구잡이로 태워서 눈물을 쭐쭐 흘린 기억이, 검은 연기와 더불어 그를 휩싼다. 멎지 않는 기침에다, 따가운 눈을 제대로 뜰 수도 없다. 도망치듯 창고방을 떠난다. 암담한 연기에 떼밀려 무작정 직진한다. 전화를 두고 왔음을 깨닫고 미적대지만, 다시 나아간다. 지금 돌아가면, 되돌아 나오지 못할 것만 같다.

옅어지는 기침 소리를 들으며 못마다 언짢아한다. 조카와 최후의 순간을 함께한 못들이 상필을 원망한다. 창문을 열어두고 떠났다! 곰삭은 내와 시궁창 내가 면면히 번져 올 것에, 땅거미가 지면 습하고 우중충한 기운이 범람할 것에, 새벽녘이면 술주정과 구토 소리가 왕성한 담쟁이덩굴이 되어 방으로 뻗어 올 것에, 그런 자명한 미래에 벌써부터 못들은 벌벌댄다. 그러다 몇몇 못은 낙망해 빨간 녹을 툭툭 떨군다. 주인을 잃어 외로운 요를 기어이 더럽힌다. 찢어진 요의 배 속으로 빨간 녹이 요리조리 비집고 들어간다. 주인이 떨군 허연 살비듬에 까칫한 몸을 비빈다. 붉게 붉게 물들인다. 마치 여전히 피가 도는 살처럼. 칼날이 닿으면 아프다고 소리 지를 것처럼. 아프다고, 나도 찔리면 아프다고.

끝마저 지워질 끝

새까만 거미가 새겨진 손이 나를 끝내려 해.

드디어 내 턱을 살짝 쳐들었어.

단숨에 내 무지근한 머리를 분리했어.

나는 이 손아귀에서 바득바득 애쓰지 않아. 내 몸이 예전과는 달라서이겠지. 나쁘지 않아. 잘린 목으로 상큼한 공기가 들이쳐. 몸 구석구석으로 퍼지며 나를 간질여. 내 머리는 식탁 위의 나무 쟁반에 호젓이 놓여 있어. 그것 역시 나쁘지 않아. 머리는 머리대로 몸통은 몸통대로 각각 달리 느껴. 망설이던 손이 깔끔하게 내 몸을 절개해. 코를 대고 내 속 내음을 맡아. 이자가 쉬는 숨의 높낮이에 맞춰, 쪼개진 내 몸이 높고 낮게 진동해.

나는 이 진동에 집중해.

이런 것도 고통이랄 수 있을까. 오묘한 통증이야. 이번이 마지막일 거라고 여겨서일까. 견딜 만한 아픔이 아니라, 매 순간 음미하고플 만치 쾌감이 뒤섞인 고통이야. 이 진통이 다 하면 완전무결한 끝이 오리란 희망. 끝마저 지워질 진정한 끝. 끝남을 느낄 나조차 없는 끝. 그 막연한 기대가 나를 지탱해.

냉장고에 보관된 고래

"널 여기로 부르지 말아야 했다고, 그게 내 생애 가장 큰 실수였다고, 그렇게 뱉고 말았어요. 그리고 그날 아내가……."
윤오 말이 미처 끝나기도 전, 진숙은 손뼉 치려는 관객처럼 기립한다.
"그럼, 아까 정한 대로 그날 구청에서 보죠. 난 이만."
박수갈채 대신 탁구공이 바닥에 톡톡 튕기는 음성만 내고 식당을 나간다. 그의 입에 단맛만 남긴 채 떠난다. 아내를 죽음으로 내몰았다고 여겨 온 자신의 처지를 간신히 입 밖에 냈다. 그렇지만 최초이자 최후일 유일한 청자에게 한칼에 거절당했다. 오늘 처음 본 늙은이한테서 대체 뭘 바라고 속사정까지 실없이 털어놨는지 후회한다.

이 거지같이 단 케이크까지 먹다니!

대형견이 핥은 듯 말끔한 사각 받침을 노려본다.

이런 강도의 후회로 몸서리나던 새벽이 스멀스멀 기어 나온다. 두툼한 새벽안개 속으로 멀어지던 여자가 아른거린다. 아내가 되기 전에 둘도 없던 고향 친구. 가영. 그녀의 뒷모습이 도렷해진다. 둘이 뜻이 맞아 열세 달간 떠난 여행. 그 시간의 가영이 하얗게 피어난다.

열세 달……

아내가 그를 남기고 영영 떠난 시간

정확히 고만큼의 시간을 같이한 여행이었다.

열세 나라의 산마을에서 한 달씩 함께 머물며 집밥을 공부하던 중이었다. 침침하던 전등 빛과 아궁이의 불길만이, 그 새벽, 산가의 부엌을 밝히고 있었다. 큼지막한 무쇠솥에선 두꺼운 계피와 길쭉하게 자른 사탕수수, 반으로 쪼갠 빨갛고 노란 과일이 보글거렸고, 부엌은 달콤한 향을 머금어 갔다.

공기가 꿀이 됐다. 숨을 들이쉴 적마다 끈끈한 꿀이 코로 밀려들었다. 윤오는, 토하고 싶은 지경이었다.

주인 할머니 노라는 여느 때처럼 일찌감치 잠자리에 들었고, 이반은 전에 없이 부엌에 남아 불 앞을 지켰다. 노라의 유일한 가족이자 손자였다. 새벽의 썰렁함에도 아랑곳없이, 평소처럼 후줄근한 민소매 티셔츠에 너절한 바지 차림이었다. 튼실한 팔로 이따금 장작을 휙 던져 넣고 불을 조절했다. 그러며 주머니칼로 나무토막만 깎아 댔다. 윤오와 가영은 기골이 남다른 이반의 등 뒤에 앉아서, 칼이 내는 착착 소리와 불이 내는 탁탁 소리를 음악 삼아 들으며, 그 긴 여행의 마지막 날을 보내고 있었다.

그들이 묵은 한 달 내내, 이반은 입을 열지 않았고 늘 데면데면했다. 열다섯 살의 사춘기 미소년처럼도 보였고, 스물다섯 살의 미남 건달처럼도 보였다. 물론, 그런 표현은 가영이 늘어놓은 말이었다. 윤오에게 이반은, 그저 눈만 커다래서 맹한 겁보처럼 보이는 덩치만 좋은 수컷, 테스토스테론 덩어리였다. 위아래로 털이 마구 삐져나왔다. 꿉슬꿉슬한 가슴털도, 빽빽한 다리털도 비위생적으로 보였다. 부엌에 털이라니!

윤오는 예쁘게 다듬은 몇 안 되는 턱수염을 매만지며 이반에게서 눈을 돌렸다. 뭉근한 불에서 음료가 졸아들기를 기다리기도 지치고, 무엇보다 단 향에 물릴 대로 물렸다. 싱그러운 공기나 마시며 거닐 겸 홀로 부엌을 나섰다. 여름인데도 찬기가 머리를 내갈겼다. 부엌보다 10도는 낮을 성싶었다. 보름달은 창백했고 별은 총총했으며, 노라의 짐을 나르느라 탈진한 조랑말은 깊은 잠에 떨어졌다. 벌판을 휘덮은 풀벌레 소리에 흠씬 젖어 그는 한 바퀴 돌았다. 이슬아침마다 뛰어갔다 오곤 하던 절벽까지 슬렁슬렁 갔다 되돌아왔다. 초록 반딧불이가 푸근하게 깔린 새벽이었고, 부엌 창으론 노르께한 빛이 은밀하게 새어 나왔으며, 한없이 뭔가 나고 죽고 썩는 땅에선 고릿한 치즈 향이 풍겼다. 추위로 이를 딱딱대면서도, 마지막 날이란 아쉬움 덕분에 모든 게 아름다워 보였다. 그쯤이면 음료가 완성됐으리라 여기며 윤오는 시름없이 창 너머를 건너봤다. 하지만 뜻밖에도 새로운 작업이 한창 진행 중이었다.

식용 불가한 껍질을 가영이 전문가다운 손길로 벗기느라 분주했다. 농익은 복숭아 껍질같이 이반의 옷을 휘릭 벗겼다. 잘 삶은 달걀 껍데기를 까듯 단 몇 번의 손놀림으로, 자신의 셔츠도 속옷도 벗어 던졌다. 얼떨떨하던 윤오는, 유리창을 사이에 두고 그들과 눈길이 맞붙었다. 여섯 눈동자에서 섬광이 단속적으로 튀며 위험을 경고했다. 그 열기로 얇은 유리창이 박살 나기 직전이었다.

둘은 시선을 날름 거두고, 하던 일에 몰두했다.

따라서 유리창은 무사했지만 윤오는 아니었다.

그가 부엌에 들어선들 둘 다 그만둘 기세도 아니었다. 그들에게 꼭 집어서 할 말도 없었다. 이반더러 '너 민증 까 봐!'랄 수도, 가영보고 '미성년자면 어쩌려고!'랄 수도 없는 노릇이었다. 미친 척하고 들어가서 진짜 그렇게 호통친대도, 가영은 대놓고 비웃을 게 뻔했다. 최악의 상황이라면, 그녀가 그를 애처로운 눈길로 바라보는 것이었다. 위로한답시고 어깨를 투덕거리고도 남을 친구였다. 그것도 홀딱 벗은 상태로 이반 앞에서. 그 생각만으로도 얼굴이 홧홧했다.

털이 울창한 이반의 탄탄한 몸을 직시하자, 윤오는 꽁지 빠진 수탉이 된 기분이 들었다. 미끈한 육체가 담긴 액자 같은 창문에서 순순히 퇴각했다. 통제 구역에서 들킨 꺼벙한 무단 침입자처럼 부엌으로부터 멀찌감치 떨어졌다. 침낭에 몸을 처넣으면 틀림없이 상상에 휘말릴 터였다. 착잡한 심정으로, 곤히 잠든 조랑말 옆의 의자에 앉았다. 낡은 의자가 삐걱대는 소리가 거짓거렸는지, 조랑말이 꼬리로 흙바닥을 틱 내리쳤다. 시끄럽게 굴면 걷어차겠다는 태도로 뒷다리까지 반짝 들었다 내렸다. 언제나처럼 의자에 덮인 양회색 망토를 두르고 그는 마냥 기다렸다. 노라의 시큼한 체취에 포위당한 채, 음료도 둘의 작업도 어서 완성되기만 고대했다. 삐걱 소리에 또 조랑말이 뒤척일까 봐, 냉동 포장된 수탉이 되어 얌전히 앉아 있었다. 그러고 있으려니 무익한 생각만 들끓었다.

가영은 순수한 단짝 친구였다.

열 살 때까지도 동네 앞 밤바다에서 팬티 바람으로 함께 헤엄치던 친구. 여행 내내 그녀에게 무슨 감정이 있었다면 오직 편안함 정도였다. 그러나 가영만 두고 온 것에 뜬금없는 후회감이 일었다. 동시에, 자신이 안절부절못하는 실상이 몹시 불편했다. 한참을 헷갈리다가 결론 냈다. 한국 여자가 외국 남자랑 그러는 꼴이 눈에 거슬린, 그저 자신의 지질함일 뿐이라고. 별거 아니라고.

설핏 잠들었다 눈을 뜨니……

자욱한 새벽안개를 뚫고 가만가만 나아가는 가영이 보였다. 잔잔한 바다를 한가로이 유영하는 물고기 같았다. 그때껏 그가 해체해 보지 못한 생선을 본 것처럼 호기심이 출랑거렸다. 그녀가 안개에 완전히 파묻힐 때까지 멍청히 바라봤다. 사위가 희붐해지는가 싶더니 금세 새들이 떼로 우짖었고, 노라가 그의 등을 똑똑 때렸다. 이제 고만 앙큼한 최면에서 깨어나라는 듯이.

아침 일찍 출발하는 이방인들을 위해 노라가 지어 둔 음식으로 이반이 식탁을 척척 차렸다. 토마토수프와 버섯볶음, 삶은 병아리콩을 든든히 먹고, 그들은 작별 인사를 나눴다. 노라의 퍽신한 가슴과 이반의 딱딱한 가슴에 차례로 안겼다 풀려난 뒤, 둘은 산가를 떠났다. 산길을 내려오다 윤오는 무심결에 돌아봤다.

머리칼이 삐쭉 섰다.

엄지만 해진 이반이 여전히 한자리에 망부석처럼 서 있었다.

옹졸하게도 그건 가영에게 말하지 않았다. 상사병에 걸려 한국까지 날아와 그 종마 같은 녀석이 자기 단짝 친구랑 또 엮이는 꼴은 정말이지 못 봐 줄 것 같았다. 자신을 끝까지 쩨쩨하게 만드는 녀석에게 치가 떨렸다! 딸그락대는 양철 필통 같은 버스로 공항까지 장장 여덟 시간 동안, 가영은 음료를 홀짝였다. 이반이 유리병에 담아 준 액체를. 둘 사이에 이반이 다리를 쩍 벌리고 앉은 느낌이었다. 탑승 전에 그녀가 마지막으로 권할 때까지도 그는 단호히 거절했다. 무슨 독약이라도 되는 양 입에도 안 댔다.

세계 각국의 암내로 고릿해진 기내에, 가영은 착석하자마자 곯아떨어졌다. 그 셔츠 사이로 푸르고 굵직한 실이 보였다. 손가락 끝으로 슬며시 빼니 나무토막이 탈랑거렸다. 잠깐 자리를 비운 새에 그토록 많은 일이 이뤄졌다니! 헛웃음이 다 터졌다. 무지하게 작은 나무토막은 누가 봐도 부엉이였다. 날개를 활짝 펼친 부엉이. 그의 턱이 뚝 떨어질 만치 오밀조밀했다. 자기 발만 한 손으로 대체 이반이 그걸 어떻게 깎았는지 소름이 돋았다. 서양판 부적이 친구 목에 걸린 것만 같았다. 깜찍한 벌새도 아니고 부엉이라니. 끈적한 집념의 산

물을 홱 잡아 뜯고 싶었다. 기내 변기에 내던져 오물탱크로 보내고픈 충동을 간신히 억눌렀다.

귀국 후, 그녀는 고향으로 그는 서울로 향했다.
공항에서 서로 응원의 포옹을 나누고 각자의 길을 갔다. 윤오는 지금의 식당을 차리고, 그의 담백한 음식으로 반년 만에 자리를 잘 잡았다. 가영은 3년에 걸친 노력 끝에, 바닷가 마을에서 꽤 이름난 식당을 만들게 됐고. 드넓은 바다를 헤엄치는 고래처럼 꿈을 펼치며 그녀의 달콤한 음식을 사람들에게 지어 먹였다. 그런데 기껏 3년 뒤 형편이 바뀌었다. 그 일대에 어슷비슷한 식당들이 들어서고부터 고전했다. 그렇게 힘겨운 한 해를 보낼 무렵 그가 그녀를 찾았다.
반려자가 절실했고, 가영이 제격이란 확신이 섰기 때문이다. 걸음마도 같이 떼고 오랜 세월을 허물없이 지내 온 사이라, 더 알아 가고 말고 할 것도 없다고 여겼다. 희한하게도 그 새벽 산가에서의 장면들이 문득문득 그를 자극했고, 실은 그게 발단이었다. 어느덧 환영은 밤마다 그를 덮쳤으며 꿈까지 잠식했다. 새벽 시장에서 식재료를 사고 돈 계산을 하면서야 가까스로 헤어나곤 했다.

그날그날의 식재료에 따라 환영의 메뉴도 바뀌었다.

빨간 토마토가 된 윤오를 보자마자 가영은 칼을 쥐었다. 칼끝으로 그의 몸통에 열십자를 긋고, 획! 껍질을 벗겼다. 미끄덩한 오징어가 된 날은, 그의 모서리를 꼬집어 슬쩍 쳐들었다. 팩! 껍질을 잡아당겼다. 털 뽑힌 닭이 된 그의 목을 댕강 자르기도 했다. 푹! 손가락을 쑤셔 넣었다. 껍질을 뒤집어 가며 홀러덩 벗겼다.

그렇게 줄기차게 그를 벗겨 내기만 하고 그녀는 손을 훌훌 털었다. 조리 과정엔 관심도 없는 공장의 박피 기계처럼, 그를 벗겨만 놓고 떠났다. 뒤처리는 네가 알아서 하라는 양. 목 잘린 닭이 되어 도마 위에서 오들대던 날, 그는 뒤늦게 깨달았다. 돈 계산에 착오가 있었음을. 생애 처음이었다. 도저히 용서가 안 됐다. 요리도 안 할 거면서 그렇게 홀랑홀랑 벗겨 두다니!

이윽고, 넉 달간 하루도 빠짐없이 수시로 전화하기에 이르렀다. 실속 없이 촌구석에서 시간이나 죽이지 말고 서울에서 같이 일하자며, 결혼도 하자며 말이다. 일단 방아쇠를 당기면 죽사발이 되든 말든 끝까지 밀어붙이는 성미였다. 맹수처럼 돌진했다. 그녀의 입장 따윈 괘념치 않았다. 목표가 정해지면, 시야가 좁아지고 오로지 과녁만 보는 습벽이 있었다. 기필코 완주하려는 마라톤 선수가 되어 결승점을 향해 달렸다.

그렇지만 가영은 과녁도 결승점도 아닌, 팔딱거리는 생물이었다.

급기야 그녀가 윤오 번호를 차단하자, 그는 이메일에 공중전화까지 동원했다. 번지르르한 말솜씨로 끈질끈질 설득하고 애걸복걸했다. 전화벨 소리만 나도, 그녀는 심장이 멎는 것 같았다. 사방이 조용해도, 언젠가는 또 울릴 벨 소리로 아무것도 손에 잡히지 않았다. 무슨 소리건 벨 소리로 들렸다. 꿈에서도 벨 소리에 쫓겼다. 그의 집요함에 위기감을 느끼고, 강아지가 위협음을 내듯 온갖 욕설로 저항도 했다. 하지만 식당 일로 악전고투하며 쇠할 대로 쇠한 데다, 그의 생떼에 날이 갈수록 급속도로 기진했고, 어느 결에 나가떨어졌다. 그와 결혼도 하고 식당도 함께하게 됐다.

지하철 승강장에서 낙하하기 0.1초 전에야, 그녀 머리에 112

가 스쳤다. 그때 결혼이 아니라 신고를 해야 했음을 깨쳤다. 뒤로 무르고 싶었다. 이젠 그럴 수 있을 것도 같았다. 그러나 그녀에게 남은 마지막 한 줌의 힘이 이미 발끝에 실린 상태였다. 몸의 중심축이 0.1도 앞으로 기울어 있었다. 그녀를 끌어당길 그 어떤 힘도 등 뒤엔 없었고.

오늘, 케이크를 삼키고 나서야 윤오는 본다. 아내가 했던 수년간의 노력을 한낱 촌구석에서의 시간 낭비로 여기고, 당당하게 이리로 오라고 우기던 자신을. 대면하고 싶지 않은 과거를.
아내는 이곳에서 하루도 빛나지 않았다.
윤오 말고는 아는 사람도 없었다. 마흔이 넘어서 새롭게 돈독한 우정을 쌓기란 쉽지 않았다. 윤오 역시 서른 살 이후 새로 사귄 친구는 없었다. 일이나 이해관계로 엮인 인연들일 뿐. 아내의 오랜 친구들이며, 고향에서 일하면서 힘들게 맺은 관계들까지, 그는 송두리째 '한낱'으로 치부한 것이다. 그랬기에, 다 팽개치고 이리로 오라고 한사코 유혹할 수 있었고. 사실, 그런 점은 아예 고려도 하지 않았다. 온갖 고생 끝에 이룬 그녀의 식당을 다시 일으키도록, 그는 조금도 도와 준 적이 없다. 조금만 더 버텨 보라는 격려의 말조차 건넨 적이 없고.

이곳에 오고부터 그녀는 하루가 다르게 시들었다.

그런 암연한 모습에 그는 지쳐 갔다. 집에서도 일터에서도 먹구름에 휩싸인 기분이었다. 아내는 그저 익삭이고 입을 닫은 채로 공고한 방어벽을 쳤다. 그런 아내를 마주하면, 그는 압력솥이 됐다. 낭패감에 뒤엉킨 부아가 꽉꽉 밀폐된 채 끓어오르는 초고압 압력솥.

아내는, 그가 따려고 들 때마다 뚜껑 고리가 땡가당 부러지는 통조림 같았다. 불량품처럼 매사 그의 짜증을 북돋았다. 종일 뭐에 묻혀 지내는지, 일고여덟 번을 불러도 무반응이었다. 그가 꿈꾸던 반려자와는 거리가 멀었다. 윤오는 상대도 안 되게 건장한 서양 남자도 가뜬히 요리하던 그 유쾌하고 자신만만하던 여자는, 그의 공간 어디에도 존재하지 않았다.

그리고 1년도 채 안 된 어느 날 아침, 아내에게 그 말을 뱉었다. 너를 여기로 부른 게 실수였다고. 그렇게 오기 싫었으면

오지 말 것이지, 이러고 살 거면 도대체 뭐 하러 왔느냐고. 그것도 아주 가벼이, 눌은밥을 폭폭 떠먹으면서 뱉었다. 입술에 붙은 밥알을 핥으면서도 쉬지 않고 푸념했다. 그동안 쌓인 감정이 막힘없이 누출됐다. 잘못 닫힌 압력솥에서 김이 새듯 쏠쏠. 당시 그는, 그럴 수만 있다면 불량품을 반품하듯 아내를 고향으로 돌려보내고 싶었다. 결국엔, 아주 멀리로 영원히 그녀를 보내게 됐고. 둘이 함께 사계절도 온전히 보내지 못하고서.

흰쌀밥이나 생양파의 단맛에도 그는 미간을 찌푸리는 반면, 아내는 달달 볶은 양파도 그리 달다고 느끼지 않았다. 그쯤은, 단 음식을 즐기는 그녀를 만족시키기엔 턱없이 부족했다. 그래도 윤오는 개의치 않았다. 아내가 설탕 통을 쥘 적마다, 그의 눈은 초정밀 저울이 됐다. 저울은커녕 평소 계량스푼도 사용하지 않는 그녀에게, 그 눈빛은 신종 비살상무기에 맞먹었다. 죽이진 않아도, 죽고 싶을 만큼의 고통을 주는 무기. 그녀랑 같이 일하는 주방에서 그는 단맛을 거침없이 제거했다. 그렇다고 싹 없앤 건 아니다. 아내라면 한 숟갈의 설탕을 넣을 음식에 두 꼬집 정도까진 허락했다. 아내가 운신

할 수 있는 폭은 딱 고만큼이었다.

두 꼬집.

지금에야 그에게 어렴풋이 보인다.

바다를 자유로이 누비던 고래를 비좁은 냉장고에다 고등어 자반처럼 보관하던 자신이. 그 껄끄러운 시간이. 시치미 떼고픈 자신의 행보가.

천사의 자전거 타기

죽을 쑤려면 곡식이 필요하겠으나 나에게는 버섯과 물뿐이다. 고로 이 두 가지만으로 죽을 만드는 중이다. 은비버섯은 9인분의 죽이 되기를 원하였으니까. 우물에서 길어 온 물을 버섯이 담긴 큰 솥에 반쯤 차게 붓고, 긴 나무 주걱을 한 방향으로 저었다. 그리하자 신기하게도 차츰차츰 점성이 생기어 제법 죽의 됨됨이를 갖추어 갔다. 어쩌면 제 몸에 으늑히 곡식을 품은 버섯이었는지도.

반 뼘밖에 안 되던 버섯은, 다 찢고 나니 제 몸체의 스무 배

쯤으로 불어났다. 찢으면 부피가 늘었다. 몇 번 더 찢으면 늘기를 그쳤다. 스스로 9인분을 어림이라도 하듯이 적당한 양에 이르면 더 이상 붇지 않았다. 가리가리 찢길 적마다 가지각색의 향을 뿜었다.

흰색 자루를 반으로 죽 갈랐을 때에는, 마치 한여름에 웅대한 바다 한가운데에 떠 있는 느낌이었다. 팔월의 태양을 머금은 파도가 밀려와 가슴을 철썩 때렸다. 향은 강하게 분출되었으나 곧 멀끔히 꺼졌다. 재차 찢자, 매서운 삭풍의 향을 내불었다. 그리하더니 금시에 간지럽고 수선스러운 봄의 향기로 부엌의 공기를 어지럽혔다. 턱받이의 진주 목걸이 같은 부분을 뗀 순간에는, 비에 젖은 흙 내음이 터져 나왔다. 가늘게 찢을수록 그윽한 솔향기로 바뀌었다. 연보라색 점들로 장식된 은색 갓은 찢기는 내내 감미로웠다. 달고도 시원한 가을 과일들의 즙이 목으로 콸콸 흘러드는 기분이었다. 갓을 찢는 손가락의 끝마다 은가루를 바른 것처럼 은빛이 선히 돌았다. 여전히 손끝마다 은빛이 알른거린다.

얼마나 오랫동안 죽을 쑤고 있던 것일까.

허리가 끊어질 것만 같아 부엌문을 나선다. 아늑한 들판에 누워 잠시나마 쉴 생각이었거늘, 미세한 얼음 조각들이 얼굴에 박힌다. 그 많던 풀벌레가 자취를 감추었다. 높고 낮은 나무마다 메마른 잎을 떨구고 성큼 겨울로 몸을 들였다. 호수로부터 세찬 바람이 몰아치자, 겨울을 끌어안은 숲이 타닥타닥 건조하게 신음하다 어깨를 쩍 편다. 낮아진 하늘 아래에 당당히 서 있는 숲의 품에서 겨울이 몸집을 키운다.

그 약동하는 소리가 들판을 뚫고 질주한다.

날파람에 얻어맞은 들풀이 휘청거린다. 이러하듯 일렁이는 풍경 속에서 자전거를 타는 천사를 본 적이 있는데…… 예수님을 믿으세요! 예수님을 믿으세요! 철사로 틀을 만든 크디큰 날개에 희멀건 비닐이 붙어 있었고. 깡마른 노인은 날개를 배낭같이 걸머지고서 자전거 페달을 더디더디 밟으며 예수님을 믿으시라고 외쳤다. 그리하며 나의 곁을 스쳤다. 군내를 퍼뜨리며 바람에 날개가 펄럭였다. 살얼음이 낀 하천에는 목이 긴 새가 날개를 접고 외따로 서 있었다.

노인은 왜 날개가 필요하였을까.

날개를 달아야만 사람들이 자신의 말을 귀담아들으리라 여겼으려나. 천변에서 나는 무엇을 하고 있던 것일까.

아궁이에 장작을 더 넣고 불 앞에 선다.
다행히 장작이 잘 마른 덕택에 불땀이 어지간히 좋다. 불이 부주의하게 새빨간 혀를 널름거리며 아리송한 말을 건네려 든다. 지금 네가 붙잡고 있는 것은 네가 아니라고. 지금 활활 타고 있는 것은 자기가 아니라고. 그리하더니 혀를 뚤뚤 말아 꼴깍인다. 검디검던 손등의 거미도 어느덧 색이 바래서 거무스레해졌다. 손끝으로 건드려 본다. 전과 달리 그저 노곤히 한 번 꿈틀하다가 만다. 주걱으로 죽을 젓고 또 젓는 사이 거미마저 뜨거운 김에 녹아떨어졌는지도. 아홉 명이 먹기에 넉넉할 거라던 버섯은 세 사람이 빠듯하게 먹을 분량으로 늘었다. 거듭하여 주걱을 천천히 젓는다. 버섯의 바람대로 아홉 명이 먹기에 모자람이 없게 가끔씩 물을 부으며 한 방향으로.
바람이 무람없이 유리창을 때리는 소리와 문이 잔기침하는 소리가 귓가를 울리고, 은비버섯이 품었던 사계절의 향이 솥에서 포실히 피어오른다. 나도 그 향에 뒤엉기어 서서히 버섯죽과 하나가 되어 간다.

검게 먹혀든 거울

민아는 판단했다. 먹은 떡이 다 내리기 전에 걸어야 덜 지칠 거라고. 그에 민규도 동의했다. 그런데 아까 갔던 역으로 가려면 어느 방향으로 걸어야 할지, 민아는 감이 안 잡힌다. 그야, 걸어서 가 본 적이 없으니까. 지하철역 입구에서 휘둘러보다 멍하니 서 있다.

"저쪽이잖아."

민규가 손가락으로 서쪽을 가리킨다.

하도 자신 있게 말해 민아는 두말없이 그쪽으로 걷는다.

엄마는 역 이름을 대며 거기에 다녀온다고만 했지, 지하철이나 버스를 타고 다니진 않았다. 민규는 엄마 몰래 10분가량 뒤쫓은 적이 있기에 똑똑히 기억한다. 해가 기울던 쪽으로 엄마는 바삐 걸었다. 냄새나는 일복이 든 회색 배낭을 메고. 일복과 별다를 게 없는, 그저 좀 덜 해진 외출복 차림으로. 민규는 추측한다. 그런 일복을 입고 일하는 데라면, 회사 술집 학원 교회 같은 곳은 아닐 거라고. 민아는 확신한다. 엄마같이 멍투성이 얼굴로도 일할 수 있는 데라면, 보나 마나 더러운 곳일 거라고. 아무리 오래 땀나게 열심히 일해도 돈도 쪼끔만 줄 거라고. 어쨌거나 둘은 생각한다. 종이돈을 왕창 벌 셈으로, 엄마가 거기서 먹고 자며 죽기 살기로 일하고 있을지도 모른다고. 배낭도 함께 없어졌으니까.

"목말라."

민규 말에 민아가 걸음을 멈추자 민규가 확인차 묻는다.

"여기서?"

"어. 오늘은 여기서."

육중한 유리문을 통과해 민아가 들어간 병원으로 민규도 발을 들인다. 대기실 구석에 놓인 정수기에서 냉수를 고깔 컵에 받아 마신다. 오늘따라 물이 참 달다고 둘은 느낀다. 천만번 마셔서 고깔이 흐늘흐늘해졌다. 화장실도 들른다. 아이들은 큰 도서관, 작은 도서관, 병원, 큰 의원 같은 곳을 돌아가며 이용한다.

한군데만 자주 가면 사람들한테 찍히고, 성가시고도 무의미한 질문을 받게 마련이다. 솔직하게 대답한들 문제를 해결해 줄 의사도 없어 보일뿐더러, 진심으로 알고 싶어 하는 눈치들도 아니고, 진정 어린 답을 기대하는 것 같지도 않다. 그러면서도 물어 대는 이유를 아이들은 알 수 없고, 번번이 둘러대기도 지쳤다. 그래서 여러 곳을 번갈아 이용하는 게 몸에 뱄다. 그럼에도 어른이 캐물으려 들면, 민규는 민아가 시킨 대로 한다. 눈을 똑바로 뜨고 녹색 광선을 발사한다. 그러면 백이면 백, 심심해 보이는 어른은 째깍 물러난다. 민규가 달려들어 송곳니로 물어뜯기라도 할까 봐 슬슬 피한다. 허울뿐인 관심의 얄팍함이 째깍 폭로된다. 부끄러움도 없이 째깍.

화장실에서 한 주먹 가져온 휴지를 민아가 조금 뜯는다. 목에 친친한 땀을 닦는다. 짙은 먼지내를 털목도리처럼 두르고 계속 걸어 나간다.

거리는 난장판이다.

걸핏하면 뜯었다 다시 깔기를 반복한 보도블록이 또 파헤쳐졌다. 또 새것으로 박느라 정신이 없다. 이번에도 역시 되는대로 비뚜름하게 박고 있다. 모름지기 길의 경사도에 맞춰 인간이 몸을 기울여야 한다는 양 일관되게 비뚤다. 민규는 항상 기운 보도에서 기우뚱거리며 걷기가 불편했다. 민규 목이 굽으며 물음표가 된다.

"왜? 왜 판판하고 똑바르게 안 박지?"

주홍 삼각뿔이 죽 늘어선 찻길을 따라 민아가 아슬아슬 걷다가 한마디 흘린다.

"또 뜯을 거니까."

"아, 그렇지!"

민규 목이 들리며 느낌표가 되고 민아처럼 삼각뿔을 스친다.

"얘들아! 건너편으로들 가!"

안전요원이 고함치고 즉시 뒤돌아 이동한다. 지시에 따라 민아가 건너려는데, 씽! 샛길에서 튀어나온 전동 킥보드가 코를 때리고 뺑소니친다. 자빠지려는 민아를 민규가 온몸으로 떠받친다. 조르륵하는 코피를 민아가 엄지로 훔치곤, 거울에게 묻듯 민규에게 묻는다.

"이제 안 나?"

"이제 안 나."

둘은 호흡을 가다듬으며, 물이 고이도록 서서 기다린다. 아이들 신발에서 샌 물이 기운 바닥 위로 졸졸 흘러간다. 마을버스, 태권도장 차, 피자 배달 오토바이, 택배차, 영어 학원차, 택시, 족발 배달 오토바이가 줄줄이 지난 뒤에야, 빼빼 마른 둘이 길을 가로지른다. 둘과 무관한 걸 다 떠나보낸 뒤에야, 고행하는 수도승들처럼 탈탈 걸어간다.

"어라? 어디서 이렇게 질질 샜지?"

안전요원이 두리번대는 사이, 인도에 올라선 아이들 눈에 광고가 들어와 박힌다. 편의점 유리에 큼직이 붙은 광고. 고모가 다니는 빵 공장에서 제일 유명하고 오래된 제품이다. 고모 이름은 몰라도 저 빵 이름은 안다. 저 사진에 찍힌 빵을 고모가 만들었을지도 모른다는 생각에 아이들 눈이 커진다. 그 신기로움을 밀어내고, 둘의 머리에 칙칙한 짐작이 들어찬다. 자기가 좋아하지 않는 걸 사람들은 하게 되나 보다고.

"고모는 빵 싫어하는데 맨날 빵을 만들지?"

"경찰은 범인 싫어하는데 맨날 범인 잡는 거같이?"

민아 말을 민규가 받아치는데, 편의점 점원이 헛숨을 몰아쉬며 탁자로 향한다. 엎질러진 컵라면, 주황색으로 얼룩진 나무젓가락, 쓰러진 캔에서 흐르는 콜라, 바닥에 나뒹구는 꽁초들을 치운다. 걸쭉한 침 덩이에 잠긴 꽁초 앞에서 점원 얼굴이 어둑해진다. 동시에 아이들은 떠올린다. 집 욕실에 걸린 거울을. 자기도 모르는 사이 사방이 검은 얼룩에 먹혀들어, 결국 맑은 부분이 좁아진 거울. 지친 것도 슬픈 것도 아픈 것도 같은 거울. 주위 사람 중에, 그런 거울과 닮지 않은 사람을 찾는 데에 아이들이 열도를 높인다. 그러다 민아가 입을 연다.

"고모는 원래는 빵 좋아했는데, 너무너무 많이 만들어서, 그래서 빵을 싫어하게 된 게 아닐까?"

"음…… 근데, 공부는 많이 안 해도 그냥 안 좋잖아?"

그러모은 쓰레기를 분리하는 점원을 갑자기 한 남자가 밀친다. 급발진한 차처럼 편의점으로 돌진한다. 점원이 잽싸게 따라 들어가려는데, 남자가 앞니로 과자 봉지를 뿍 뜯으며 맥주 캔을 쥐고 나온다. 순간 민아가 얼어붙는다. 담임 선생님이랑 똑같이 생겼다! 민규는 머리 숙여 인사할 뻔했다. 하지만 민아는 곧 정신 차린다.

무슨 일인지 폭삭 시들해진 선생님이 저럴 리 없다. 학기 초엔 밝고 가볍던 선생님은, 언제부턴가 수업 도중에도 불려 나가는 일이 늘었다. 그러더니 점점 어둡고 무거워졌다. "선생님, 크리스마스 없는 나라가 어디예요? 가려면 몇 만 원이나 드나요?" 어느 날 민아가 묻자, 그 크고 까만 눈에 금세 눈물이 차올랐다. 언제고 아무나 톡 건드리기만 해도 눈물을 떨굴 것만 같아졌다. 그때 민아는 짐작했다. 선생님도 아빠랑 할머니랑 같이 사나 보다고.

그런데 어느새 편의점 점원 얼굴도 선생님이랑 똑같아졌다. 놀라서 민규 쪽으로 고개를 돌리는데, 건너편에서 보도블록을 박던 아저씨가 허리를 편다. 선생님 얼굴이 아저씨 몸에도 달렸다! 셋 다, 얼룩진 선생님 거울이 됐다.

"저, 손님, 계산부터 하셔······."

"네 눈깔엔 내가 도둑으로 뵈냐! 쉬펄, 개 쌍!"

새파랗게 물든 민아가 민규 팔을 잡아끈다.

검게 먹혀든 거울

한 마디만 더 저 익숙한 말을 들었다간, 민규가 또 아아아! 아아아! 괴성 지르며 왼쪽 귀를 마구 손바닥으로 때릴 테고, 손톱마다 또 검푸르게 물들 거다. 그럴 때 민아가 할 수 있는 건 아무것도 없다. 차라리 엉엉 울면 좋으련만 민규는 이상한 소리만 내거니와 색깔까지 변해서, 민아도 무섭다.

이제 얼룩진 거울들도 보이지 않고 욕도 들리지 않는다. 아까 민규가 한 말을 민아는 똑같이 입속말하며 계속 가던 쪽으로 간다.
많이 안 해도 그냥…….
그리고 민규는 한 사람씩 민아 말처럼 뒤집어 생각하며 다박다박 걷는다.
원래는 좋아했는데 너무 많이 해서…….
급히 소화돼서 기운이 빠지지 않도록 둘은 일정한 속도를 유지하며 걷는다. 음식은 섭취 속도만큼이나 소화 속도도 중요함을 일찍이 터득했으니까. 불꽃을 키우면 빨리 타 버리듯, 목소리를 키우면 금방 배가 고프다. 그건 아이들이 일상생활에서 스스로 터득한 연소와 소화의 공통점이다. 그러므로 반드시 말도 소곤소곤 나눈다. 말이 산소와 활활 합쳐지지 못하도록. 눈치 보기에 도가 튼 아이들이 체득한 세상의 법칙은, 교과서 한 권을 뚝딱 엮을 분량이다.

같이 보고 싶어

이쯤이면 다섯 명이 양껏 먹을 수 있으리라.
솥에서 눈을 떼고 굽은 등을 잦힌다. 희부연 벽창을 내다보니 온통 푸릇푸릇하다. 여린 새순들이 너도나도 돋아나 숲에도 들판에도 봄빛으로 넘실거린다. 볕을 쪼이려고 부엌문을 열자마자 소스라뜨리며 뒷걸음한다. 봄볕을 마시며 푸른 새들이 재잘거리다가 일제히 호수의 품으로 날아간다.

문밖에 여자가 서 있다.

물에서 건져 그대로 빨랫줄에 넌 기다란 원피스 같다. 서 있다기보다는 허공에 널린 것처럼 보인다. 여자를 비틀어 짜면 다섯 양동이가 차리라. 함빡 젖어 몸에 들붙은 옷에서 하염없이 물이 떨어진다. 문 앞에 둥그렇게 박힌 돌들 위로 오수가 흥건하다. 먹빛 머리털에 얼굴이 휘감겨서 흡사 불린 미역 덩이 같다. 저대로 두면 걷잡을 수 없이 부풀어 온몸을 덮어씌울 기세이다. 그러한 모습을 하고서 여자는 달팽이의 속도로 다가온다.

거리가 좁혀질수록 구정물 냄새가 날뛴다.

흐르듯이 부엌문을 통과하여 여자가 나의 곁을 지난다. 나의 팔에 여자의 물이 묻는다. 차다. 무슨 성분을 품었는지 쓰라릴 만치 차다. 스쳤을 뿐이거늘 금시에 왼쪽 소매가 푹 젖었다. 팔을 흔드니 탁한 물이 주룩 낙하한다. 손등의 거미가 물을 빨아 마시고는 일순 불룩해졌다가 수그러든다. 거뭇하던 몸통이 철갑상어알처럼 빛난다.

젖은 여자는 어느 사이 식탁의 의자를 빼고 앉아 있다. 어찌나 허리를 꼿꼿이 세웠는지, 야윈 몸이 직각을 이루며 의자에 덧씌운 덮개가 되었다. 곱게 부친 얄브스름한 밀전병 같다.

그러고 앉아 무한정 물을 흘린다.

여자에게 내줄 여분의 옷도 수건도 없는지라 일단 마른행주를 식탁에 놓아 준다. 그러하나 여자는 줄곧 대각선 방향만 바라다볼 뿐 미동도 없다. 여자를 따라 나도 눈길을 돌린다. 하지만 희누렇고 휑한 맨 벽밖에 없다. 어차피 시간이 흐르면 아궁이의 열기로 여자가 마르겠거니 하며 부엌문을 닫는다.

장작을 충분히 가져다 놓고자 창고로 향한다.

여자 등 뒤로 지나는 찰나 냉기가 뿜어져 나온다. 얼음장 같은 물너울에 한바탕 휩쓸린 양 몸이 휘우듬히 기운다. 손으로 몸을 팍팍 내리친다. 벌써 나에게 스민 여자의 냉기를 털어 낸다.

숲도 들판도 새도 풀벌레도 품은 봄을, 어찌하여서 여자는 품지 못한 것일까 의아해하며 창고 문을 활짝 연다. 묵은 물질의 냄새가 꾸역꾸역 밀려 나온다. 이러하게 꾸역꾸역 입으로 시커먼 말을 뱉던 여자가 있었는데…… 저 물고기 좀 봐요 물고기 아줌마! 아줌마! 아줌마! 다리 난간에 기댄 몸을 기역 자로 구부리고 하천을 내려다보던 여자가 나를 발견하였다. 시뻘겋게 타오르는 눈으로 물고기를 보라고 내질렀다. 폭우로 물이 불어서 상류로부터 흉한 것들을 죄 끌고 내려왔으므로 나는 그날 하천을 보고 싶지 않았다. 더구나 여자의 눈빛으로 미루어, 필시 커다란 물고기 사체일 것만 같았다. 못 들은 척 고개를 돌리고 다리를 건너는 나의 뒷골에 미친년! 미친년! 미친년! 고성이 총알처럼 날아왔다. 미친년 총알은 거칠게 돌며 나의 머리를 작살내었다.

여자는 왜, 자기가 보는 것을 다른 이도 보기를 그토록 원하였으려나.

같은 시각에 같은 것을 누군가와 느끼고 싶었으려나. 자기가 느끼는 것을 다른 이도 똑같이 느끼리라 믿었으려나. 같이 보면 무언가 달라지리라 기대하였으려나. 어떠한 까닭으로 나는 그 하천 주변을 연신 맴도는 것일까.

묵은 냄새 속으로, 창고 깊숙이로 몸을 들인다.

거칫한 장작을 한 아름 안자, 나도 묵은 냄새와 혼합된다. 하나가 되니 도리어 편안하다. 기꺼운 마음으로 장작을 힘껏 꺼안는다. 타기에 알맞게 쪼개고 말린 몸통과 포옹한다. 마른 장작과 더불어 훨훨 타서 이대로 사위어도 좋을 성싶다. 무슨 곡절인지, 탄다거나 사윈다는 느낌이 전혀 서먹하지 않다. 그러하나 무언가 덜 타고 덜 사윈 듯한 짐짐함이 나의 몸에 남아 있다. 깨끗이 끊어 내지 못한 무언가에 여전히 끌리는 것이려나.

멈추고 숨을 골라야 할 순간

십 년 전 늦봄, 진숙이 남편의 49재를 마친 다음 날이었다. 거리엔 춘화들이 떨어진 흔적마저 희미했고, 성급히 여름옷을 꺼내 입은 사람들도 더러 보였다.

애매한 계절이었다.

거실 창으로 팔을 뻗어 온도를 가늠하곤, 얄찍한 점퍼를 벗을까 말까 고민했다. 겨우 한 꺼풀의 천 때문에 시간이나 낭비하는 자신이 못마땅했다. 과감히 벗고 긴팔 티셔츠 차림으로 마당에 나섰다. 이른 아침부터 스쿠터에 올랐다. 멀찍이 떨어진 제과점으로 초콜릿케이크를 사러 가던 도중, 숙희가 떠올랐고 사무치게 그리웠다.

그녀보다 여덟 살 어린 숙희는 이런 제안을 했었다. "스쿠터 장만하다 맺어진 인연답게, 우리, 언니 동생 말고 시원하게 친구 해요, 예?" 진숙도 선뜻 응낙했다. 그 이후 종종 함께 당일치기로 여행했다. 케이크라면 이성을 잃는 둘은, 근교 제과점들로 스쿠터를 몰곤 했다. 그랬던 친구는 어느 날부턴가 암과 싸워야 했다. 수년 뒤, 더는 암에 맞서지 않고 암과 더불어 살겠노라 선언하고 홀연히 속초로 떠났다. 그러고 며칠 뒤, 진숙은 친구를 한 번 보러 갔다. 연락도 안 하고 찾아가, 그냥 말없이 하룻밤 묵고 왔다.

그 활달함은 다 어디로 가고, 친구는 반색도 기피도 하지 않았다. 잔인하리만치 무감각한 친구 곁에 누워 악몽만 실컷 꾸다 귀가했다.

꿈에서, 진숙은 광막한 불모지에서 맨몸으로 그믐달을 향해 내리 전진했다. 그녀 몸은 케이크였으므로, 나아갈수록 발이 다리가 허리가 가슴이 차례차례 뭉그러졌다. 목을 땅에 찔찔 끌고 가는 형국이 됐다. 턱도 입도 코도 으스러지고 눈이 땅에 붙는 찰나, 그믐달이 포탄처럼 작렬했다. 파편이 진숙의 두 눈에 박힘과 동시에, 친구가 자지러지게 웃는 소리가 쩡쩡 울렸다. 잠결에 비명을 지르며 깼다.

눈을 뜨니 친구가 고즈넉이 앉아 물 잔을 주었다.

한갓 꿈이었건만, 참담한 순간 웃어 젖힌 친구가 야속했다. 무슨 꿈에 시달렸는지도 묻지 않아, 목만 축이고 도로 누웠다. 친구에게 등을 돌리고 누운 채로 얼마나 지났을까. 진숙은 정신이 뻔쩍 돌아왔다. 자기 악몽엔 댈 것도 아닌 악몽 속에서, 친구는 연일 매분 매초 허덕이는 실상에 생각이 미쳤다. 그렇지만 섭섭함을 있는 대로 드러낸 자신의 등을 되돌리긴, 쉽지 않았다. 마주 볼 엄두가 안 났다. 눈으로도 말로도, 친구와 나눌 거라곤 그녀에게 아무것도 없었다. 친구를 피식 웃게 할 농담 하나 없는 빈털터리였다. 그 잘 웃던 친구를!

그날로 끝이었다.

친구는 얼마 뒤 진숙을 칼같이 차단했다. 자기에게 남은 시간을 오롯이 암하고만 보내겠단 태도였다. 어떤 시간을 홀로 보냈는지, 달랑 '융해'라는 생뚱맞은 문자랑 사진 한 장만 보내곤 연락을 두절했다. 그녀는 암에 꺾여 친구 자리에서 밀려난 기분이었다. 암은, 진숙이 힘을 겨룰 수 있는 상대가 아니었다.

사진 속 친구는 낯설었다.

암과 대항할 때보다 몰라보게 평온해 보였다. 노상 갈급 난 얼굴이던 남편과는 판이했다. 사진 맨 앞쪽에 친구 얼굴이 보였다. 몇 올만 남은 길고도 흰 생머리가 바람에 휘날렸다. 그 바로 뒤론, 긴 빨랫줄에 블라우스가 매우 똑바로 널려 있었다. 원래 진보라색이었는데 하도 닳아서 연보라색이었다. 신통하게도 그 지점엔 바람이 보이지 않았다. 그 지점만 시간이 멎은 듯했다. 더 멀리론, 하늘과 이어진 희푸른 바다로 가득했다. 모든 게 약간 흐리터분한 가운데 블라우스만 또렷했다. 진숙이 아주 오래전 선물한 옷에 초점이 맞춰져 있었다. 그녀는 몹시 궁금했다. 일부러 그렇게 찍은 것인지, 실수였는지. 무엇에서건, 친구가 자기를 마음에 두고 있음을 확인하고팠다. 그 사진은, 보면 볼수록 감정이 어수선하게 꼬였다. 맹랑하고 터무니없고 알알하게 다가왔다. 사진 속 친구는 비록 얼굴은 납빛이었으나, 외려 자신보다도 고요해 보였다. 직접 만지면서 느끼려고 인화까지 했지만, 다 쓸데없었다. 유광 인화지의 매끄러운 질감만 손에 남을 따름이었다.

십 년 전 그 봄날, 초콜릿케이크를 사러 가다 말고 스쿠터를 멈췄다.
융해?
그 단어가 과속방지턱이 되어 그녀를 덜컥 세웠다.
친구의 그 기이하던 평안을 당장 느끼고 싶었다. 친구 뺨에 손을 대 보고 싶었다. 그리고 절절함은 그녀를 단박에 움직였다. 무작정 스쿠터를 돌려 내달렸다. 그런 돌발 행위엔 당시 49재를 마친 홀가분함도 한몫했다. 아무런 종교와도 연이 없는 진숙에겐 그저 공허하기만 한 49일이었다. 그녀가 기도한들, 남편이 받을 심판의 결과가 잿빛에서 핑크빛으로 변할 것 같진 않았다. 그러나 그가 생전에 뿌득뿌득 졸랐기에 의무적으로 치렀다.
평소 남편은 자기가 지은 죄도 하나 없는데 이토록 병마에 시달린다며 무던히도 억울해했고, 어느 날 49재를 예약했다고 그녀에게 알렸다. 죽기 1년 전의 일이었다. 더구나 그는 신자도 아니었다. "죽을 날을 받아 놓은 것도 아닌데, 예약이라뇨? 그게 가능해요?" 진숙이 묻자,

"돈?"

극히 당연하단 얼굴로 그녀를 보며 형형색색의 알약을 꿀꺽했다. 다만 건강을 위해 무시로 정성스레 오르던 산 중턱의 작은 절에다, 남편은 막대한 돈을 투척했다. 그러곤 진숙에게 뜬금없는 부탁을 했다.

"49재 때, 꼭, 낙지 문어 가재를 위해서 기도해야 돼. 아주 성심껏으로다! 알아들었지?"

순간 그녀 머리에 검은 파도가 비릿하게 철렁였다.

그게 뭐든 한번 손대면, 그의 독보적인 근면함으로 끈기 있게 하던 남편이었다.

집을 그득 채울 양의 바다 생물을 수십 년간 꾸준히, 남편은 끓는 물에다 산 채로 풍당풍당 잡아넣었다. 그걸 보기도 먹기도 즐겼다. 거의 날마다 아귀아귀 씹던 남편의 흑자색 입술이 부들거렸다. "암만 생각해도, 내 죄는 그거뿐이야. 나랑 얽인 인연들한테까지 빌기엔, 암만해도 절이 적당한 거 같길

래."라며 입맛 다셨다.

"왜 하필 불교식으로요? 거기는 저지른 짓마다 속속들이 따져서, 다음 생에 고스란히 받게 한다던데. 여러모로 당신한텐 불리하지 않겠어요?"

극구 말려도 남편은 마음을 바꾸지 않았다. 평소처럼 돈이면 다 덮을 수 있다는 듯이. 뭐든 다 용서받을 수 있다는 듯이. 일곱 번에 걸쳐 7일마다 성대하게 재를 지냈다. 갖가지 과일에 나물과 떡을 바리바리 나르던 공양주 보살은 신바람이 났었고, "예서 이렇게 삐까뻔쩍하게 치르긴 첨이네요!" 진숙을 향해 엄지까지 치켰다.

그때 법당에서 굽어보던 금도금한 부처상은, 자비롭다기보단 깐깐해 보인다고 그녀는 느꼈다. 49재를 곱빼기로 지낸대도 달라질 건 없을 듯했다. 암 선고를 받기 전까지 하루가 멀다고 유흥업소를 드나들던 남편의 음행이며 비행을, 절대로 그냥 넘길 인상이 아니었다. 구린 행적을 미주알고주알 심층적으로 파헤칠, 다시없이 학구적인 관상이었다. 사업상 어쩔 수 없는 접대라며 남편은 누누이 핑계 댔다. 그가 벌어다 준 돈으로 그녀는 풍족히 살며 항시 눈감아 줬고. 그런 진숙에게도, 그에 응당한 죗값을 필히! 제대로! 치르게 할 얼굴이었다. 달러도 유로도 페소도 비트코인도 통용되지 않는 세계의 얼굴, 철두철미 자업자득하는 세계의 얼굴이었다.

미시령을 넘자, 죽은 남편 생각도 죽을 친구 생각도 진숙은 잊었다.
그럴 정도로 뿌듯함이 차올랐다. 실로 오랜만에 맛보는 벅찬 감정이었다. 그리고 생각했다. 어차피 죽을 목숨, 이러다 죽는대도 나쁘지 않겠다고. 아니, 이러다 죽는 게 최고일 거라고!
지는 해를 보며 속초에 도착하기가 무섭게, 그곳에서 이름난 제과점부터 들렀다. 당일치기로 다녀오기엔 먼 탓에, 친구랑 늘 아쉬워한 제과점이었다. 친구가 좋아하는 치즈케이크를 스쿠터 수납함에 담고 목적지로 몰았다. 좁다란 흙길 양편으로 아기자기하게 가꾼 텃밭이 반듯하게 나뉘어 있고, 소박하게 지어진 집이 뜨문뜨문 자리한 동네였다. 그중에서 가장 협소한 집에 친구가 살았다. 파란 지붕 집. 친구가 반겨 주리란 기대는 숫제 하지도 않았다. 하지만 마음은 더없이 들떴다. 친구가 문전박대하면, 뺨이나 한 번 쓱 만지고 숙박업소에 묵을 셈이었다. 케이크나 먹고, 다음날 미련 없이 귀가할 계획이었다.

"숙희야!"

현관문을 두드리자, 엉뚱하게도 20대 남자가 빠끔 내다봤다.

"그 하알, 하알, 할머니 죽은 게 언젠데요."

남자 뒤에서 건너보던 젊은 여자가 늘어지게 하품하며 웅얼댔다. 치과 의사한테 충치를 보여주듯 찢어져라 입을 벌렸다. 눈 거반이 감긴 남자가 억지로 고개만 꾸벅이곤 문을 쾅 닫았다. 짤깍! 안전고리까지 곧바로 걸었다. 진숙은 현관 앞에 주저앉고 말았다. 뭐가 죽었다는 건지 믿기지 않았다. 그때 철옹성 같던 문이 벌컥 열리며 엉덩뼈를 쳤다. 구멍이 숭숭한 뼈가 빠개지기 1초 전, 다행히 문이 폭력을 멈췄다. 수술대에서, 안방 침대로 옮겨지고, 몇 달 뒤 관으로 들어갈 운명을 아슬하게 비껴갔다.

"저, 이거. 벽장에 있던 건데."

남자는 낡은 비닐봉지만 건네고 문을 닫아걸었다. 봉지의 겹

매듭을 풀자, 눈에 익은 둥근 물체가 보였다.

백색 안전모였다.

수십 년 전에 진숙과 함께 똑같은 것으로 장만한, 생애 첫 안전모.

수천수만 번 친구 머리를 지켰을 물체.

진숙이 끝끝내 속을 알 수 없던 그 머리를.

융해라니!

턱끈 한쪽이 떨어지고 뒷부분엔 금이 갔으나, 자기 것에 비하면 상태가 양호했다. 멀거니 안전모만 보다가, 울분하고도 서운한 심정으로 친구 딸 전화번호를 찾았다. 그러느라 애를 먹었다. 그냥 '숙희 딸'로 저장하지 않았음을 후회했다. 굳이 귀에 선 직업으로 저장한 자신의 미련스러운 자존심에 땅을 쳤다.

웨⋯⋯ 투⋯⋯ 엡⋯⋯

차가운 플라스틱 퍼즐 조각 같은 음절만 빈정빈정 혀에 굴러다녔다.

반 시간쯤 뒤에야 비아냥대며 '웹툰'이 맞춰졌다.

친구의 늦둥이를 소개받은 날이었다. 웹툰 작가라길래 진숙이 고개를 갸우뚱하자, 만화 그린다고 고쳐 말했다. 볼 때마다 눈이 퀭하던 딸이었다. 어째서 자기에게 알리지 않았는지 야단도 치고, 안전모도 전할 심산이었다. 그러나 친구의 죽음을 알린 여자 목소리보다도 졸린 음성이 느실느실 전화기 너머에서 흘러왔다. 주정꾼이 불러 주는 자장가가 따로 없었다.

"엄마가 원치 않아서 아무한테도 알리지 않았고요, 엄마가 원하던 대로 속초 바다에 뿌렸고요, 안전모는요, 그거는요, 아줌마가 가지든가 버리든가 맘대로 하시고요, 저요, 저요, 며칠 밤샘 작업했거든."

거기까지 들었는데 딸깍 끊겼다.

말하다 말고 잠들면서 뭘 잘못 눌렀는지, 의도적으로 그랬는지 알 수 없었고, 머리가 지글지글 탔다. 그리고 그 '엄마' 소리에 진숙은 생각했다. 애초에 자식을 갖지 않기로 한 건 슬기로웠다고. 이제껏 자신이 내린 결정 가운데 가장 현명했다고. 만약 자식이 있었더라면, 자기를 살인자 취급하며 두고두고 케이크를 트집 잡았을 게 뻔하다고.

그녀는 엄마에 관한 좋은 기억이라곤 터럭만큼도 없었다. 엄마 되기가 죽기보다 무서웠다. 그리고 남편은 "식구는 육이오 때 잃은 걸로 족해."라며 가족 늘리기를 원치 않았다. 당시 부모에 세 형까지 깡그리 잃고 단지 풍족한 재산만 독차지하게 된 남편은, 가족을 또 하루아침에 잃을까 겁냈다. 평생토록 '복 터진 천애 고아' 소리를 밥 먹듯 들은 것에, 임종 직전까지도 치를 떨었고.

그날, 진숙은 밤바다를 마주하고 치즈케이크를 먹었다.
친구 몫까지 먹어 치웠다.
바다는 만사 귀찮다는 몸짓으로 밀려오며 맥 빠진 소리를 낼 뿐이었다. 친구는 단 한 모금도 느껴지지 않는 그저 다량의 검고 비린 물이었다. 그녀는 곧 박차고 일어섰다. 그곳을 참기 힘들었다. 산바람도 드세고, 아무 때나 출몰할 고라니에다, 자신의 나이까지 고려하면, 야간 질주는 절대 꿈도 꿔선 안 될 위험천만한 짓이었다. 그러나 친구가 죽은 장소에 머물기가 더 끔찍했다.
무엇보다 주의력이 중요했다.
행여라도 뛰어든 산짐승을 치지 않게 정신을 바싹 끌어모았다. 불빛도 달빛도 한 점 없는 암실 같은 어둠 속에서 그녀의 스쿠터만이 빛을 뿜는 존재였다. 드물게나마 차가 지날 때면, 아직 자신이 황천길을 달리고 있지 않음에 마음을 놨다. 이러다 죽는 게 최고일 거라던 불과 몇 시간 전의 낭만은, 뇌에 흔적조차 없었다.

돌풍이 사납게 그녀를 후리고 세 번째로 고라니를 칠 뻔한 순간, 온몸에서 피가 싹 풍화된 기분이었다. 공포를 제외한 모든 감정이 정수리로 압출됐다. 아침에 용감히 벗어 던진 점퍼만 눈에 밟혔다. 시간 들여 고심할 만한 존재였다! 고작 한 꺼풀의 피륙으로 생사가 갈릴 수 있는 나이였다. 추위와 공포로 지친 나머지, 속초로 되돌아가 아무 집에나 뻗고팠다. 스쿠터를 끌고 도로에서 비켜나 몸을 추슬렀다. 어찌나 힘주고 운전했는지, 마디마디를 고드름으로 후벼 파는 듯했다. 긴장으로 뭉쳐 되직해진 숨을 토하고 나자, 정신이 좀 들었다. 그런데 머리가 맑아지니 더더욱 막막했다.

돌아가기에도 애매했다.

그 어중간한 지점에서 진숙은, 가던 방향으로 전진했다.

머리를 비우고 아무쪼록 앞으로 나아가는 데만 몰두하려 애썼다. 그렇지만 생각하지 않으려 들수록 잡념에 휘둘렸다. 생각이 스쿠터보다도 탄탄해졌다. 자기 인생에서 그렇게 모호하던 순간들이, 더 나아가지 말아야 했을 순간들이, 멈추고 숨을 고르고 과감히 방향을 돌려야 했을 순간들이 찬바람 속에 무더기로 스쳤다. 시퍼런 칼이 되어 휙휙 가슴을 베고 지났다.

강제로 중단된 학업을 이어 가지 않았음에, 죄수처럼 살던 기억만 버글대는 집을 뜨고자 무모하게 혼인했음에, 그녀의 유일한 식량인 케이크마저 핼끔핼끔 눈치 보며 먹게 한 남편과 진작에 갈라서지 않았음에, 수십 년이나 되는 시간을 미련스레 허비했음에 가슴이 찢겼다. 죽다 살아나고서도, 시간의 가치를 망각했다! 어느덧 창창한 밤빛도 탈진하고 희디흰 아침이 돼서야 그녀는 집에 당도했다. 진정 자신이 바라는 목적지가 맞는지 회의가 드는 곳에.

그날로 스쿠터를 처분했다.

다시금 자신을 애매한 지점으로 몰고 온 스쿠터를.

함께 달릴 친구도 없는 스쿠터를.

그냥 스쿠터가 된 스쿠터를.

무의미해진 사물을.

무의미하다는 말보다도 뜻이 없어진 물질을.

그런 뒤로 십 년여 만에, 삼발이 오토바이를 장만한 것이다. 거실 피아노 위에 놓인 똑같은 안전모 중에서 친구의 것을 집는다. 몇 주 전 오토바이를 받고 나서, 턱끈도 갈고 갈라진 곳도 손봤다. 그런대로 쓸 만해졌다. 진숙의 안전모는 사고로 거의 박살 나, 손쓸 수도 없다. 윤오가 덤으로 주려던 아내의 노란 안전모를 진숙은 그 자리에서 거절했다. 그건 그가 감당해야 할 몫이라고 여겼다. 그녀가 차마 버리지 못한 친구의 안전모처럼.

얇은 카디건으로 감싼 숙희를 오토바이 앞 바구니에 담는다.

"어때?"

주름진 옷 틈으로 숙희는 촉촉한 코만 내놓고 이미 편하게 엎드렸다. 옷 밖으로 삐져나온 숙희의 새뽀얀 꼬리를 진숙이 옷 안으로 밀어 넣는다. 잘깍, 덮개를 닫는다.

"어디, 가 볼까?"

"웡!"

한 달 전 버려지던 순간을 떠올리며 숙희가 짖는다. 생전 처음 미용을 시키고 이름표까지 달아 주더니, 바로 그날 밤, 진숙의 집 대문에다 목줄을 매 놓고 도망간 인간. 꽁꽁 매듭짓고 내뺀 인간. 그 인간을 상기하며 숙희가 또다시 웡웡! 우짖는다. 시동을 거는 진숙이 손바닥만 하던 쪽지를 기억에서 펼친다. '키울 여건이 안 되어 염치 불고하고 춘애를 맡기오니 바라건대 관대히 거두어 주시기 바라옵니다.' 그리고 곱씹는다.

염치?

염치 불고하고?

그날로 그녀는 이름표를 갈았다. '춘애'라면 이가 갈렸다. 입에 담고 싶지도 않은 그 징글징글한 이름을 버리고, 친구 이름을 따서 '숙희'로 지었다.

두두두두!

가늘어지는 오토바이 소리에 거실 공기가 안정을 되찾고, 창유리도 피아노도 풍경도 진동을 멈춘다. 오래전부터 안전모들의 받침대로 퇴락한 피아노는 회고한다.

<u>도오오오오……</u>

십 년 전 자신이 마지막으로 낸 소리를.

진숙이 지그시 자기를 누르던 소리를.

자신의 철골에 얽매인 강철선이 마지막으로 울림판을 어루만진 소리를.

박살 난 안전모도 피아노의 마지막 울림을 되씹는다. 결과적으로 자신의 진혼곡이 되고 만 그 서글픈 울림을. 온몸에 둘러 감긴 투명 테이프 사이사이에 까만 먼지가 띠를 이뤘다. 그 묵은 시간의 옷을 떨어내려 몸부림한다. 오늘도 부질없이 힘쓴다. 그러며 안전모로서의 쓸모를 잃은 상실감에 비탄한다. 그 실존적 두려움에 전율한다. 진숙의 관심에서 멀어질수록 존재 이유가 희미해지는 피아노와 안전모는, 서로를 공감의 파동으로 감싸안는다.

무엇과 겨루고 있니

봄볕에 젖어 만개하였던 이들이 벌써 꽃비를 내렸다. 꽃잎들은 안온히 땅에 몸을 누이거나 바람과 어깨를 겯고 머나먼 길에 올랐다. 여름으로 가고자 들먹거리는 꽃망울이 뒤이어 하나둘 맺히기 시작하였다. 그러한데도 젖은 여자는 좀체 마를 생각을 하지 않는다. 그 연유는 이러하다. 새소리가 유난히도 요란스럽던 아침이었다. 물이 바닥난 터라 나는 우물로 가던 참이었다. 선뜩한 기운이 끼치어서 돌아다보니, 물을 잔뜩 머금은 여자가 보였다.

또 다른 젖은 여자였다.

백발을 늘어뜨린 여자는 매끈한 뱀처럼 부엌 문턱을 쓰르륵 넘어서고 있었다. 나는 우선 물을 길어 올리어 두 양동이를 채웠다. 부엌 앞에 놓아두고 안의 정황부터 살폈다.

무슨 꿍꿍이인지, 뱀 같은 여자는 젖은 원피스 같은 여자 위에 슥 앉았다. 둘은 서로에게 별 저항 없이 녹아들었다. 뱀 같은 여자의 길고 흰 생머리가, 미역 덩이 같은 먹빛 머리와 찬찬히 뒤엉기더니 그예 희끗희끗한 하나의 덩이로 변하였다. 젊고 휘진 몸과 늙고 쇠잔한 몸이 서로의 물기를 빨며 원만스레 반죽되었다. 그러하게 겹쳐진 여자가 두 배로 흘린 물로 부엌이 물바다가 되고 만 것이다.

죽을 끓이면서도 내내 주의를 기울여야 한다. 간간이 밀걸레로 바닥에 고인 물을 훔쳐야만 한다. 우물이나 창고를 오가다가 자칫하여 나자빠지지 않으려면 별수 없다.

버섯죽은 제법 불어나서 예닐곱 명가량이 요기할 수 있는 분량이 되었다. 아무래도 부엌을 메운 공기를 빼야 하겠다. 무겁고 뻑뻑한 공기를 가르며 주걱을 휘저으려니 움직임이 더디어지고, 걸음을 뗄 적에도 네다섯 배의 힘을 들여야 한다. 부엌문도 벽창도 열어젖힌다.

열기가 나가고 바깥으로부터 산뜻하고 힘찬 공기가 와와 들이닥친다. 이러한 기세로 돌진해 오던 새빨간 자전거가 있었는데…… 찌르릉! 열두 살쯤 된 여자아이는 나를 보자 다따가 인도로 진입하였다. 나를 뚫고 지날 기세였다. 치이면 그대로 나둥그러지어 머리가 깨질 수도 있는 속도였다. 하나, 그러한 무례함 앞에 나는 무릎 꿇고 싶지 않았다. 단 한 발짝도 비키지 않았다. 내가 맞서서 나아가자, 찌르릉! 찌르릉! 속도를 늦추지 않고 달려들었다. 코앞에서 와우! 씩 웃더니 그제야 방향을 꺾고 멀어졌다. 아이의 이글거리던 눈빛이 나의 뺨을 휘갈기었다. 연분홍 벚꽃 잎으로 뒤덮인 천변은 아이가 일으킨 바람으로 일렁일렁하였다.

그날 아이는 무엇과 겨루고 있던 것일까.

무엇을 증명하여 보이고자 그 새빨간 무기로 인간을 돌격하려 들었을까. 무엇이 승패를 가르는 겨룸이었을까. 그날 천변에서 나는 왜 그러한 하찮은 모험을 하였을까. 도대체 무엇을 얻겠다고 나의 몸까지 걸었을까.

쾌활한 숲의 향과 졸린 호수의 내음이 장난스레 뛰어 들어와 겹쳐진 여자를 휘덮는다. 그러거나 말거나, 겹쳐진 여자는 대각선 방향의 벽만 보며 물을 흘릴 따름이다. 저 몸에 바퀴와 공이를 달면, 영원토록 멈추지 않을 물레방아가 될 터이다.

그러한 여자를 놀리기가 지루한지, 숲과 호수의 향이 벽을 매만지며 표표히 밖으로 날아간다. 벽은 여자의 눈길을 피하고 싶으나 옴짝달싹할 수 없다. 그러하기에 불편해한다. 여자는 몸만 합일되었다 뿐이지 안광은 여전히 두 갈래의 농밀한 감정으로 나뉘어 있다. 들붙은 머리카락 사이로 형형한 눈빛이 방출된다. 혼잡한 시선을 받고 있는 바람에 벽은 기분이 뒤숭숭하다. 곤혹스러워하던 벽은 이윽고 상기한다. 자신이 본디부터 가진 성질이 그러함을. 옴짝도 달싹도 못하는 것임을. 그러함으로써 공간을 지켜 내는 수직 건조물임을. 자신의 본질을 재차 깨치고서는 잠자코 여자의 습윤한 눈길을 받아들인다.

나를 위해 너를 씻기다

서류와 오토바이를 진숙에게 넘기고 몇 주나 흘렀는데도 윤오는 식재료를 정하지 못했다. 식당의 사활을 결정할 재료를. 케이크 상자니 비닐 덮개니 지폐니 하나도 치우지도 않고, 휴대전화도 며칠째 방전됐고, 식당은 계속 커튼이 드리워졌다. 그의 머릿속처럼 계속 어슴푸레하다.

진숙과 케이크를 먹은 뒤로, 단맛에서 자유로워지지 못한다. 초강력 치약으로 빡빡 양치해도, 레몬이나 치즈를 퍼먹어도 도통 단맛이 씻기지 않는다. 무슨 말도 안 되는 생각을 하느냐고 부정하다가도, 설마설마하는 일이 벌어진 것만 같아 찝찝하다. 그렇게 갔는데 씻김굿이라도 해야 하지 않았나 후회한다.

그는 헤아려 본다. 아내가 원하는 강도의 단맛을 낼 재료를. 그와 전혀 닮지 않은 재료, 아내에게 절대 해롭지 않을 재료, 아내가 반길 재료를. 그녀에게 필요한 영양분을. 그녀 유혼이라도 달래서 그의 일상을 회복하기 위해. 자신의 생명을 지키기 위해.

생명을 지탱해 주는 길……

영양분이 지나는 길……

나란한 세로선……

샛노란 잎맥……

나란히맥이 선명한 풀 한 포기가 그의 머리뼈안에서 산들거린다.

때때로 아내가 천변에서 한 움큼씩 뽑아 오던 풀.

뿌리의 흙만 털고 흐르는 물에 대충 씻어 아내는 그대로 먹곤 했다. 씹을수록 뿌리에서 단맛이 배어난다고, 잎의 쌉싸름한 맛과 배합되며 조화를 이룬다고, 산란한 기운을 가라앉혀 준다고, 사시사철 나는 풀이라고 했다. 아내가 한입 권했지만, 그는 단맛이란 말에 손으로 쌀쌀하게 치운 기억이 난다.

천 가방을 접어 조끼 주머니에 담고 식당을 나선다. 타원형의 기름한 잎 다섯 장이 한 지점에서 뻗어 나와, 꼭 만발한 꽃처럼 보이던 풀이었다. 샛노란 잎맥들이 또렷또렷했다. 곧고 굵은 원뿌리는 정확히 뿌리목까지만 선홍색이고, 곁뿌리도 줄기도 소름 끼치게 희었다.

그게 그가 아는 다다.

맛을, 모른다!

해가 떨어지기 전에 천변에 도착해야만 찾을 수 있을 터라 걸음을 서두른다.

지난주에 풍족히 내린 비로 하천이 깊고 맑다.

찐득함을 흘려보내고 낮은 점도로 남실거린다.

그 가벼운 물에서 노닐던 목이 긴 새들 목이 짧은 새들이 일시에 화르르 비상한다. 윤오가 발을 헛디디며 물 가까이로 나뒹굴어서이다. 아내가 캐 오던 풀이 맞는 것 같길래 쑥 잡아 뽑았는데, 뿌리에 주먹만 한 시퍼런 덩어리가 딸려 올라왔다. 그 바람에 나동그라지고 말았다. 가까스로 일어나, 뽑힌 풀이 있는 자리로 되짚어간다.

풀뿌리엔 아직도 시퍼런 덩어리가 붙어 있다.

나뭇가지로 주변의 땅을 내리치자 덩어리가 반응한다. 는지럭는지럭 좌우로 왔다 갔다 하더니 뿌리에서 분리된다. 둥근 몸을 굴린다. 철커덕철커덕, 땅에 들러붙었다 떨어지길 반복하며 구르고 굴러, 웃자란 풀들 사이로 유유히 떠난다. 덩어리가 시야에서 사라지고 나서야 그가 풀을 집어 든다. 주도면밀히 훑곤 하천으로 내던진다. 잎맥은 똑같이 샛노랬지만 그물맥이었다.

멀리서는, 적어도 멀리서는 똑같아 보였다. 멀리서 보면 그게 그거로 보이기에 허리를 숙이고 걷는다. 허리까지 숙이고! 그로선 엄청난 양의 노력을 기울인다. 그것도, 산 아내가 아니라 죽은 아내를 향한 노력을.

어느새 사위가 써늘한 빛에 잡아먹히고, 투명하던 하천도 검어졌다. 얼마 못 가 해가 떨어질 태세다. 이왕 나선 김에 잠시만 더 찾아보기로 한다. 해가 허락하는 시간까지만 뒤지기로. 내일 또 이 짓을 하면, 돌아 버릴 것 같다. 시시하기 짝이 없는 풀들을 눈여겨보며 가던 방향으로 나아간다.

적출된 안구처럼 덩어리가 풀숲에 숨어서 윤오를 지켜본다. 그가 멀어지자 천천히 시퍼런 몸을 굴린다. 한참 만에 제자리로 되돌아와 땅 밑으로 파고든다. 후우! 깊은숨을 내쉬니 둘레의 흙 부스러기가 부지런히 덩어리에 밀착한다. 덩어리는 예측한다. 저렇게 땅이 열려 있으니 오늘 밤엔 저 구멍으로 달을 볼 수 있으리라고. 긴장을 풀어 뭉글뭉글한 표면을 녹인다. 그렇게 흙에 스며든다. 다시 수축해 땅을 꽉 움킨다. 땅도 덩어리도 안식을 되찾는다. 그러나 곧 한숨 쉰다. 하필이면 구멍 자리가 여기임에 덩어리는 애틋해한다. 오늘도 달을 보긴 글렀다!

부패 그 본연한 흐름

외벽에 기대어 둔 밀걸레가 뙤약볕에 구워져 파삭파삭한 과자가 되었다. 아카시아꽃튀김처럼도 보인다. 자루를 손으로 싸잡자, 그간 밀걸레가 견디었을 태양의 발광이 고스란히 나의 손에 전하여진다. 숲은 풀벌레들의 우렁찬 울음을 갑옷처럼 입었다. 포효하는 괴수가 된 지 꽤 되었다. 하늘로 치뻗은 가지마다 푸르고 툭툭한 잎사귀로 무장하였다. 그리하여 한층 위풍당당해진 나무들은 때로 당돌하게 태양과 정면으로 맞서기도, 때로 열렬히 입을 맞추기도 하면서 하루하루를 만끽하는 중이다.

부엌 문턱까지 흘러온 물을 걸레로 밀면서 안으로 들어간다. 밖이 워낙 뜨거운지라 부엌의 후텁지근함이 도리어 참을 만해졌다. 겹쳐진 여자의 발을 건드리지 않게끔 요리조리 밀걸레를 움직인다. 과자 같던 걸레가 금시에 녹녹한 빵이 된다. 겹쳐진 여자는 부단히 앞벽만 응시하며 물을 흘린다.

그리하여도 다행인 것은, 여자가 겹쳐지고부터 물이 퍽 맑아졌다. 바다 내음이 나는 두 번째 여자의 물은, 첫 번째 여자의 고단한 물을 차근히 정화하여 안정시켰다. 두 여자의 숨결이 어느 사이 하나로 정리되었다. 그리하여도 걱정인 것은 바로 머리이다. 부풀 대로 부풀어 의자 등받이를 덮었다. 가슴속에 응어리진 멍울을 풀어내듯이 머리카락이 한량없이 나온다. 이러한 속도라면, 죽이 9인분으로 불어날 때쯤에는 바닥 깔개가 되리라.

아궁이에 장작 두엇을 던져 넣고 허리를 곧추세우는데 공기의 낌새가 수상하다. 어찌하여서인지 상한 내와 약내를 풍기는 입자가 부유한다. 돌아다보니, 열어 둔 부엌문 밖으로 시르죽은 남자가 보인다.

관절마다 눈에 뜨이게 굴절된 채로 간신히 버티고 서 있다. 시든 푸성귀 더미보다도 형편없는 몰골이다. 눈 코 입도 새들새들 늘어져서 무슨 얼굴빛인지조차 헤아리기 어렵다. 부패가 시작된 식재료는 끓여도 튀겨도 몸에 해로울 뿐이거늘 인간이라고 별다를까 하고 우려하는데, 남자가 거동한다. 짓무른 알뿌리 같은 발로 어기적대며 들어온다. 운신하기가 버거운지 연이어 껄쭉한 숨을 몰아쉰다. 걸음마다 검푸르죽죽한 냄새가 넘쳐흐른다.

도대체 어디에서 무엇을 묻히고 온 것일까. 아니면 무엇을 삼키었길래 이토록 고약한 냄새가 나는 것일까. 진짜로 부패한 것이려나.

흐느적거리는 몸을 식탁 부근까지 옮긴 남자는, 하고 많은 의자 가운데 저 의자를 선택하였다. 겹쳐진 여자 앞자리의 의자를 뺀다. 물컹한 배추 같은 엉덩이로 털퍼덕 착석한다. 배추 절반이 뭉개지며 의자와 합체된다. 미동도 하지 않는 여자는 시든 남자만 바라보게 되었다. 그 역시 고개를 돌릴 기력이 꼬물도 없는지 여자에게 시선을 고정하였다. 양쪽에서 죽 내그은 시선으로 서로 연결된다.

부패 그 본연한 흐름

비로소 벽이 홀가분하게 여자의 시선에서 해방된다.

팽팽하던 벽이 오래간만에 긴장을 푸는 찰나, 으지직! 천장에서부터 바닥에 이르기까지 미세한 금이 간다. 그 틈새로, 덩어리져 있던 기나긴 시간의 냄새가 터져 나온다. 자신들이 합쳐지어 벽을 이루던, 그 얼떨떨하면서도 기대에 부풀었던 시초를 회상한다. 묵은 흙이 흠! 마른기침을 한다. 그 무상하기 그지없는 느낌에 부르르 떨며 벽이 마른 먼지를 거푸 토한다.

별안간 빛나는 세로선이 창밖 하늘을 가른다. 쩍 쪼개지는 소리가 터지고 빗줄이 곧게 떨어진다. 하늘에서 포악스레 작살을 던진 듯이 땅에 내리꽂힌다. 저러하듯 모진 기세로 목이 가느다란 새를 쫓던 물체가 있었는데…… 우웅우웅 시끄러운 드론이 전투기처럼 새를 뒤쫓았다. 흰 새는 허우적거리며 도망 다녔다. 드론이 맹렬히 따라붙더니 한순간 새의 목을 썩 스쳤다. 새는 하천으로 추락했고 물은 빨갛게 흘러갔다. 색다른 먹잇감을 고르며 드론은 새들이 자맥질하는 주변을 날쌔게 맴돌았다. 아무리 휘둘러보아도 드론을 조종하는 자가 보이지 않았다. 다음 날에도 그다음 날에도 하천에는 크고 작은 새들이 빨갛게 너부러져 있었다. 볼 수는 없으나, 그곳을 물들인 인간의 살기로 섬뜩하였다.

버섯죽은 아직 두 사람 치가 모자란다.
나는 물을 쪼끔 붓고 일정한 빠르기로 나무 주걱을 놀린다. 모든 물질을 완벽히 무르게 하려는, 죽의 본연한 흐름. 그 흐름을 거스르지 않게끔 한 방향으로만 나릿나릿. 발가숭이 갓난아이만 홀로 태운 조각배의 노를 젓듯이 최대한 느리게 주걱을 젓는다. 이리저리 휘젓기보다 한 방향으로 둥그스름히 활동하기를 선호하는 긴 주걱이다. 근본적으로 일관성을 추구하기에 죽과 호흡이 잘 맞는다. 일관된 방향. 일관된 속도. 일관된 동작.

제자리걸음의 방향

자신을 집어삼키려 달려드는 연기로부터 도망쳐 상필은 덮어놓고 반대 방향으로 걸었다. 그러다 보니 차도도 보도도 점차로 줄었다.
어느 결에 꼬불꼬불 휘어진 흙길을 걷고 있다.
간혹가다 서 있던 가로수마저 눈에 띄지 않는다. 어둠에 묻힌 길 양옆으론 키가 껑충한 잡초만 무성하다. 그래도 흙길이라도 있으니, 응당 사람이 다니는 곳이겠거니 여기며 멈추지 않는다. 쉼 없이 걷도록 길이 든 인간처럼 길을 걷는다. 이미 난 길을, 같은 방향으로 다져 나간다. 의심 없이 같은 방향으로.

조카 골분을 뿌리기에 걸맞은 곳에, 살아 있었더라면 조카가 좋아했을지도 모를 곳에, 그런 곳에 다다를지도 모른다는 희망을 품고서. 그 허황된 가능성에 주저 없이 기대서. 비닐봉지에 든 단팥빵과 요구르트를 빼고 덜렁 유골함만 담은 걸 후회하면서.

어제오늘 먹은 거라곤, 아까 노파가 마다한 요구르트가 고작이라고 새삼스레 떠올린다. 군내만 도는 입을 쩝쩝거린다. 요구르트를 오늘 마셨다는 것도 긴가민가한 게 영 괴이쩍다. 해가 뜨고 지지 않았다 뿐이지, 못해도 한 달은 지난 것 같다. 교대도 안 하고 야간 경비를 줄줄이 선 기분이다. 가뜩이나 야윈 몸에 한기가 차오르고, 자꾸만 처지는 눈꺼풀을 올리느라 발까지 헛디딘다. 풀린 운동화 끈을 밟고 고꾸라질 뻔하다 움칠한다.

전방에서 덩어리들이 꾸무럭거린다.

떠돌이 개들이라고 짐작하며 거리를 둔다. 그런데 그가 속도를 늦출수록 덩어리들의 움직임도 더한층 굼떠진다. 거리가 되레 좁혀진다. 싸늘한 예감에 상필이 주춤하자, 덩어리들도 멈칫멈칫한다.

어둠 속에 동서로 대치했다.

덩어리들을 자극하지 않으려 부드럽게 행동한다. 인간의 몸짓이 개나 오소리나 멧돼지한테 어떻게 해석될지, 그는 아는 바가 없다. 먼저, 앞에 멘 배낭을 조용조용 뒤로 멘다. 숨죽이고 운동화 끈을 졸라맨다. 언제라도 내뛸 만반의 준비를 하는데 덩어리들이 한달음에 달려온다. 도끼에 찍힌 썩은 나무처럼 상필이 단번에 넘어간다. 유골함 모서리에 등이 콱 찍힌다. 몸을 뒤틀며 동그랗게 웅그린다. 헥헥거리는 덩어리들은 먹음직한 도넛이 된 노인을 내려다본다. 꼼트락대며 상필이 생각한다. 굶주린 개들한테 요대로 갈비같이 뜯길 수야 없다고. 용기를 내어 살그머니 머리를 든다.

"쌍둥이 천사?"

민아는 고개를 까딱이고 민규는 까딱이지 않는다. 헤매던 아이들은 누군가가 보이자 다짜고짜 뛰어온 것이다. 그들에게 이 순간 가장 중요한 '방향'을 확인하고자. 공포에서 풀려난 도넛이 고리를 풀고 일어나 앉자, 도넛에 입힌 설탕이 녹아내린다. 이마에 맺힌 식은땀이 움푹한 볼을 타고 흐른다. 민아 머리가 기운다. 아까 골목에서 만났을 때보다 몰라보게 가늘어진 할아버지가 신기하다. 어두운데도 부피의 감소가 확연히 느껴진다. 반쯤 녹은 얼음 조각상 같은 그를 뚫어지게 훑어본다.

"할아버지도 서쪽으로 가시나요?"

민규 질문에 상필이 배낭을 내리며 되묻는다.

"너희는 그쪽으로 가냐?"

"너무 어둡고, 우린 별도 잘 모르고, 어, 잃었어요, 길을요."

민규의 지친 목소리를 들으며 상필이 등허리를 문지른다. 기어코, 죽은 조카가 낸 상처를 문댄다. 낙서를 지우듯 힘껏. 하지만 통증이 가시지 않는다. 한번 보고 나면 머리에서 지워지지 않는 험악한 낙서처럼 아픔은 소거되지 않는다.

"꼭 그편이어야 되냐?"

상필의 물음이 땀방울과 함께 튀자, 민규가 정답을 얻고자 고개를 돌린다. 민아는 수학 문제 앞에서 낑낑대는 표정이 된다. 이내 답을 도출한 듯 어깨를 올렸다 내린다.

"어쩜 엄마도 이리로 가다 길을 잃었을지도 몰라, 우리같이."
방금 자기가 낸 답을 꼼꼼히 살피다가 민아는 상상에 빠진다. 회색 배낭을 메고 엄마가 갈팡질팡한다. 그렇지만 길을 잃은 게 아니다. 엄마의 앞뒤 좌우 어디로도 길이 없다. 빈틈없이 막힌 시멘트 건물 안에서 엄마는 제자리걸음을 한다. 어느 방향으로도 한 걸음도 전진하지 못한다. 망가져서 내버려진 로봇 같다. 여기저기 칠도 벗겨지고 마감도 엉망인 싸구려 로봇. 난데없이 엄마 볼기에서 털 뭉치가 쏙 불거진다. 짧고 탐스러운 꼬리가 생겨났다. 그 상황이 싫지 않은지 엄마는 꼬리를 살랑이기까지 한다. 그런 그림에 민아는 부르튼 입술을 맞다문다. 머릿속에서 벌어지는 일인 줄 빤히 안다. 그런데도 현재보다도 생기롭게 느껴지는 이 시간이 대체 뭔지 혼란스럽다. 기분 나쁜 그림을 머리에서 지우려, 몇 번이고 눈을 감았다 뜬다. 얄궂은 시간에서 도주하려 몸부림한다.
"그래서 집에 못 돌아왔나?"
민규의 또랑또랑한 질문을 듣고서야, 민아가 징그러운 그림의 손아귀에서 놓여난다.

"하! 그건 아닐걸. 아닐 거야. 우리도, 지금 길을 잃었지만, 그치만 집을 찾고 있진 않잖아?"

민아의 결론에 민규가 눈을 껌뻑인다.

"그렇지. 집에 안 가는 거지."

뚱딴지같은 대화에 물린 상필이 일어나 사위를 둘러본다.

"달이…… 애들아, 달은 어디 있냐?"

"달은 맨날 뜨나요?"

민아 말을 듣고 민규가 눈을 사선으로 뜬다.

"그렇진 않을걸? 찾아도 찾아도 안 보이는 날도 있었잖아?"

"달도 없는 마당에 서쪽이건 동쪽이건……."

상필이 흙길을 따라 내처 걸어간다.

머뭇거리던 아이들도 발을 느직느직 놀린다. 아마 엄마도 길을 잃어서 이 흙길만 따라갔을 거란 믿음을 품고서. 아무 때고 터질 거품을 품고서. 꿈이 부풀어 생겨난 그저 텅텅 빈 방울을 머금고서.

길은 가면 갈수록 더더욱 꼬부라진다.

여어, 이쪽으로! 길의 속살거림도 들린다.

꼭 골탕 먹일 속셈으로 만든 미로 같다고 아이들은 생각한다. 떡도 먹었건만 송곳으로 배 속을 마구 찌르는 것처럼 배가 고프고, 계속 잠이 쏟아지는 현상도 참 이상하다고. 달은 두둑한 구름 속에서 그들의 대화를 경청했다. 그러나 이토록 푸근한 구름을 밀어낼 마음은 추호도 없다. 오늘따라 느른한 달은 구름의 품에 안겨 격정적이고도 후련한 꿈에 빠져든다. 뭔가와 엉긴, 이 질긴 인연을 단칼에 끊는 꿈에. 덧없이 돌고 돌지 않아도 되는 세상 가뿐한 꿈에.

두려움을 나눌 존재

아홉 명이 먹기에는 빡빡할 성싶다. 넉넉하게 물을 반 바가지 더 따른다. 주걱을 부뚜막에 두고 기지개를 켠다. 열린 문으로 떼 지어 들어온 가랑잎들이 어느 사이 나의 무릎께까지 수북하다.

겹쳐진 여자의 주위로만 잎들이 납작하게 젖어 있다. 길게 자란 머리가 바닥에 퉁퉁한 뱀처럼 똬리를 틀어 놓았다. 천만다행하게도, 시든 남자는 상한 내를 더 이상 풍기지 않는다. 마른 잎들이 바스락바스락 호흡하며 악취를 모조리 빨아들인 덕택이다. 가랑잎들이 남자의 시들한 몸과 유기적으로 얽히어 흡사 그로부터 뻗어 나온 뿌리 같다.

푹신하게 쌓인 낙엽을 헤치며 창고로 간다. 여름이 떨군 온기와 움트는 가을의 생기가 뒤섞이어 창고는 달고도 묵직한 향을 발산한다. 두 계절을 고루 품은 삼각 빗자루를 가져와 낙엽을 밖으로 내몬다. 겹쳐진 여자와 시든 남자는 한결같다. 그들의 발 주변을 쓰레질하건만 발을 드는 배려조차 안 한다. 어색하지도 않은지, 서로 눈길이 맞부딪힌 채로 꼼짝도 하지 않고들 있다. 둘의 시선이 충돌한 지점에서 공기가 교란되어 새파란 알갱이가 떠다닌다.

이제야 바닥이 정갈해졌다. 또다시 가랑잎이 어지럽뜨리지 못하게 문을 닫는다. 무슨 일이 벌어지고 있는 것일까. 아까부터 숲의 술렁임이 심상하지 않다. 겁이 많은 주홍빛 새들은 일찌감치 호수 쪽으로 피신하였다. 그나저나 머리가 문제이다. 머리끝이 식탁 다리를 살금살금 휘감는다. 이대로 방치하면 식탁을 덩굴져 감고 오르리라.

창고 선반에 얹힌 옥색 상자 안에 작다란 톱, 손도끼, 쇠망치, 전지가위가 잘 보존되어 있다. 시간이 비껴간 듯이 조금도 녹슬지 않았다. 그리 크지 않은 전지가위이다. 오므렸다 펴 본다.

가위에 축적된 기운이 나의 손으로 번진다.

성마른 손, 차분한 손, 설레는 손, 노여운 손, 기죽은 손, 두려운 손의 느낌이 우르르 옮아온다. 가윗날은 매끄럽고 절도 있게 교차하거니와 윤기가 반드르르 돈다. 엄격한 손이 마지막으로 가위를 사용하였는지 청결히 손질되어 있다. 이만하면 젖은 미역이든 머리털이든 무난히 자르리라.

겹쳐진 여자 발치에 쭈그리자 나의 발이 금시에 젖는다. 세운 무릎을 안정되게 벌리고 앉는다. 머리털을 쥔다. 먹잇감을 꿀꺽한 뱀 같다. 한 손에 거머잡을 수 없을 만치 숱이 불어났다. 가위의 입을 크게 벌리어 힘 있게 물리니 쏭덩 잘린다. 자라는 속도로 미루어, 또 치렁치렁하여질 터이다. 가위를 귀 아래에 댄다. 과중하게 생장한 머리를 자르니 목이 훤히 드러난다. 드론에 베인 새의 목처럼 가늘고도 길다. 얼굴에 붙은 머리카락도 귀 뒤로 넘기어 준다. 샘물터 같은 뇌천에서 흘러내리는 물줄기 사이로 눈이 찬연히 번뜩인다.

겹쳐진 눈동자가 맨몸뚱이처럼 노출된다.

고락의 응결체가 꽃불을 튕긴다.

터부룩한 머리털을 비질하여 문께로 민다. 머리 뭉치는 겹쳐진 여자에게서 떨어지기 싫은지 겨우겨우 밀린다. 이악스러운 과거처럼 여자 곁에 머무르려 든다. 여자 발에 들붙은 나머지도 빗자루로 탁탁 때리며 민다.

부엌문을 열자…… 숲이 활활 벗은 옷이 휘몰아치며 들판에 장대한 물결을 이루어 세상천지가 줄렁줄렁한다. 저만치 숲에서 진회색 덩어리가 돌출한다. 들판의 탕탕한 너울을 뚫고 이리로 온다.

일단 머리 뭉치를 밖으로 밀어낸다. 바람이 강타하지 않게 끔 문을 닫고 바깥에 선다. 연방 바스대던 낙엽들이 잘린 머리에 신나게 달려든다. 푸짐한 튀김옷을 입은 듯이 바삭바삭해 보인다. 숲을 통과한 바람과 호수를 통과한 바람이 격돌하는 통에 나는 휘청하고 만다. 그러한 센바람에도 끄떡없이 튀김옷은 하나도 벗겨지지 않았다. 머리 뭉치의 견인력에 한눈판 사이, 진회색 덩어리가 가까워졌다. 하나, 드센

바람을 타고 낙엽이 무리 지어 날아다니기에 정체가 분간이 안 된다. 조바심에 두어 발 다가서자, 서슬이 선 기운이 나를 후려친다. 뒤로 물러서는 찰나, 냉혹한 덩어리는 한걸음에 나의 코밑에 선다.

불그죽죽한 코가 푹 눌린 남자이다.

언 고깃덩어리 같은 남자는 푸르께한 입술을 앙다물고 눈을 홉떴다. 무언가 억울해하는 낯빛으로 나를 툭 밀치고 지난다. 부엌문을 밀어젖히고 거침없이 들어간다. 꿰진 바지 솔기 사이로 살덩이가 속속 삐져나온다. 언 남자는 곧바로 의자를 빼고 쿵! 착석한다. 바람은 한풀 꺾이었다. 열린 문 앞에서 낙엽들이 앙증스러운 회오리를 일으키며 조잘댄다. 저러다 또 몰려들어 부엌을 아수라장으로 만들 터이다. 나도 황급히 안쪽으로 옮겨 서고 문을 닫는다.

문을 등진 남자에게서 찬기가 분사된다.

언 남자는 맞은편 문만 쏘아본다. 저러하게 나를 꿰뚫듯이 째리던 눈이 있었는데…… 구경났어! 한여름 오전의 혁혁한 햇살 아래 노파가 천변에 앉아 있었다. 술을 병째 벌꺽대다가 나하고 눈길이 마주 닿자 구경났느냐고 내쏘았다. 눈길을 거두고 한동안 거닐다가 되돌아가는데, 또다시 노파가 눈에 들어왔다. 땅에 움푹 파인 구멍에 대고 구경났느냐며 억억거렸다.

아침부터 술을 몸에 들이부은 까닭은 무엇이려나.

자신이 세상의 구경거리가 된 듯싶어 무서웠던 것일까. 그 두려움을 떨치고자 술로 도망친 것이려나. 두려움을 나눌 존재가 술뿐이었으려나. 볕이 뼈를 동강 낼 듯이 쨍한 그 시각에, 어찌하여서 나는 천변을 어슬렁거렸을까.

언 남자의 시선이 거북한지, 닫힌 문이 몇 번 삐거덕대고는 침묵한다. 번쩍이는 눈, 희끄무레한 눈, 거들뜬 눈이 세 개의 꼭짓점이 되었다. 겹쳐진 여자와 시든 남자, 언 남자는 강인한 세모꼴을 이루었다. 그사이 졸아서 줄어든 죽에 나는 물을 더 붓고 다시금 젓는다.

언 남자가 자기를 함부로 횡단한 현실이 못마땅한 것일까. 숲의 동요가 도시 가라앉지 않는다. 문과 벽창을 두들기어 부엌을 두근대게 한다. 이 순간 폐가의 심장인 부엌이 떨리자, 얼마 안 되는 부엌살림마다 울렁거려 달그락달그락한다. 그 바람에 도처에서 묵은 시간의 냄새가 비어져 나온다. 천만 꿈밖의 해후에 감격하며 서로 뒤엉긴다. 그러는 시간들의 냄새로 어질어질하다. 이 순간 폐가는, 거실 천창이 심장이던 시절을 떠올린다. 자신의 중심에서 펄떡이던 심장을 동경한다. 오로지 해와 달과 별의 움직임에 따라 수나롭게 뛰던 심장을.

어긋난 제구실

상필이 걸음을 멈춘다. 덩달아 아이들도 멈춘다. 시계에는 키 큰 풀만 우거졌다.
흙길이 없다.
사실 길이라고 하기에도 뭣했다. 그러나 사람들이 밟기를 거듭해서 길이 생겼을 터라 상필은 그저 안심하고 가던 차다. 하지만 그 보잘것없던 흙길마저 사라졌다. 차츰차츰 좁아지거나 희미해진 것도 아니고 불쑥 단절됐다. 아무 생각 말고 자기만 따라오라던 길은, 이제부턴 모든 게 네 결정에 달렸다는 양 몸을 쏙 숨겼다. 기온도 곤두박질했다.

상필이 네댓 걸음 뒤로 무른다.

어려이 실수를 만회한 바둑알처럼 부동자세를 취한다.

그리고 다짐한다.

자기가 먼저 풀숲을 헤치고 전진하지 않겠다고. 아이들이 그를 믿고 따라 해선 안 된다고. 지하방, 창고 방을 구해 줬을 때처럼, 절대로 자신이 멍청하게 결정 내리지 않겠다고. 자책하며 가슴 칠 일을 또 만들지 않겠다고.

느닷없이 멀찌감치서 노란 불빛과 함께 기계음이 번진다.

달빛도 없는 암흑천지에서 고운 빛이 서느런 밤공기를 애무한다. 자기들이 가던 방향이 맞다면, 저 소리의 진원지는 북쪽일 거라고 아이들은 추측한다. 북에서 남으로 향하던 불빛은 커다랗게 호를 그으며 방향을 틀더니 차차 멀어진다. 그들이 생각하는 서쪽의 어둠 속으로 스며들었다.

몇 분이나 지난 뒤에도, 빛의 궤적은 민아의 뻑뻑한 눈에 남아 있다. 그 잔상에 이끌려 몸이 전면으로 기운다. 발 앞축에 힘이 쏠린다. 직진하라는 전언이라도 들은 사람처럼, 민아가 허리까지 오는 풀을 헤집고 나아간다. 평상시처럼 민규도 곧이어 뒤따른다. 언 풀이 아이들 몸을 썩썩 훑는다. 아이들이 열 발짝쯤 가고 나서야, 상필도 못 이기는 척하며 발을 뗀다. 자신이 책임질 일이 생기지 않았음에 안도한다. 어른으로서 제구실을 해야 한다는 의무감과 상쾌히 결별한다. 아이들 뒤에서 일정한 거리를 두고 걷는다. 남의 일에 휘말리지 않으려면, 적어도 이 정도 거리는 필요하므로.

"숙희!"
개도 응답이 없고 전조등까지 점멸한다.
맞는 길이 아닌 줄 알면서도 진숙은 좀처럼 멈추지 못하는 자신이 무서워진다. 통제력을 깨끗이 잃었다. 이따금 앞 바구니에서 멍멍대던 개도 죽은 듯이 잠잠해 불안은 증폭된다.
"숙희! 숙희!"
숙희가 본래 '춘애'였다는 사실이 새삼 꺼림칙하게 그녀를 옥죈다. 춘애는 진숙을 꼭두각시같이 제멋대로 조종하던 인간이다. 다름 아닌 모친의 이름이다.
딸의 미래는 전적으로 어머니에게 책임이 있다고 믿곤, 진숙의 삶을 틀어쥐었던 인간. 진숙의 몸에 들이는 것, 몸에서 내

보내는 것마다 통제했다. 무엇을 언제 얼마나 어떻게 먹고 읽고 보고 말하고 행해야 할지는, 오직 어머니가 쥔 끈이 좌지우지했다. 진숙은 단잠에 취해 있다가도 끈이 휙 잡아당기면 재깍 일어섰다. 그러다 어느 날 갑자기 드러누웠다. 의사들은 병의 원인을 캐내지 못했으나 그녀는 짐작했다.

복종.

복종의 시간이 늘수록 몸에 축이 간 거라고.

진숙이 케이크를 먹고 기적처럼 살아난 뒤로, 어머니의 집착과 간섭은 한층 병적이 됐다. 그녀 삶을 통째 쥐락펴락했다. 여대를 한 학기도 마치지 못했는데, 어머니의 우격다짐으로 공부를 접어야 했다. 병이 재발하지 않게 몸 간수하며, 신부수업에만 열중하란 엄명이 떨어졌다. 그나마 숨통을 터 주던 학교에서의 시간마저 빼앗겼다.

24시간, 어머니라는 우주의 질서에 맞춰 생활했다.

고리타분하고 삼엄한 흑색 우주.

다섯 언니한테 그랬듯, 어머니는 합당한 혼처를 물색했다. 어머니의 케케묵은 잣대에 꼭 맞는 혼처를. 어머니는 언니들 관절마다 끈으로 칭칭 동여맸다. 끈과 조종대를 튼튼하게 연결했다. 그 조종대 다섯을 다섯 시어머니 손에 공손히 넘겼다. 진숙의 조종대만 내주면, 어머니의 그 오랜 연희도 막을 내릴 것이었다. 어머니로서 제구실을 해냈다고, 입관될 때까지 자부할 터였다. 그런 달콤쌉쌀한 착각에 빠질 터였다. 진숙이란 꼭두각시는, 어머니가 정한 안전한 길로만 다니되 아무한테나 함부로 눈길을 줘서도 말을 섞어서도 안 됐다. 수십 가지의 무의미하고 거추장스러운 규칙이 일상을 잠식했다. 진숙에게 주어진 이생에서의 유한한 시간을 써걱써걱 갉아먹었다. 하나라도 어기면, 일주일간 외출이 금지됐다. 삼시 세끼 케이크만 먹어서 몸피가 눈에 띄게 불어나자, 그것마저 금하려 들었다. 어머니가 꿈꾸던 날씬한 꼭두각시에서 멀어졌기 때문이다. 다행히도 그녀 목숨을 건져 준 할아버지의 비호 아래, 케이크 두 쪽씩만은 매일같이 섭취할 수 있었다.

그 이듬해, 어머니는 고사를 지내면서 장독에 팥죽을 얹어뒀다. 그걸 맛나게 먹곤 식중독으로 사망했다. 그것이, 집안의 액운을 물리치려던 어머니 기도의 효험이었는지 아니었는지는, 장독 뒤에 서 있던 매화나무만이 안다.

그 밤, 진숙은 감촉했다.

몸 마디마디에 옭매인 끈이 탁탁 끊김을.

태어나 처음 숨을 쉬듯 온몸의 세포로 격렬히 호흡했다.

매화나무가 뿌리째 흔들릴 정도로 와하하! 웃어 젖혔다.

첫울음보다 우렁찬 웃음을 터뜨리며 새로이 태어났다.

케이크만 먹는 그녀는 설날이래서 떡국을, 추석이래서 송편을 만들지 않는다. 그렇지만 동지 팥죽만은 결코 잊는 법이 없다. 모친상을 치른 이후로 동짓날만은 꼭 챙겼다. 부엌 중앙에 팥죽 한 대접을 놓고 감사의 눈물을 흘렸다. 해마다 감사하는 마음은 커졌고 그만큼 눈물도 쫠쫠 흘러넘쳤다.

눈물……

그 눈물의 결과가, 이 기괴한 형국일지도 모른다는 생각이 그녀의 뒷덜미를 휘어잡는다. 이름 따위가 뭐 대수라고! 혼잣말하면서도, 왠지 숙희의 본명이 마음에 걸린다.

나도 모르는 나의 꼬리

이쯤이면 열 명이 먹기에도 부족하지 않으리라.

약간 졸아든다 한들 아홉 명은 너끈히 먹을 것이다. 희뿌옇던 죽이 점차로 연보랏빛을 띠더니 종국에는 은빛만 감돈다. 가리가리 찢긴 버섯의 몸은 뜨거운 시간을 관통하며 무르녹아 마침내 우물물과 온전히 합일되었다.

은비버섯죽으로 화했다.

버섯이 뿜어낸 가지가지 향으로 부엌의 공기가 풍요로워졌다. 순간순간 나는 다른 계절에 잠긴다. 봄의 벌판에 연둣빛으로 드러누워 낮잠이 들었다가, 여름 한낮의 떠들썩한 소나기 속을 질주하고, 잠자리 떼의 붉은 품에 안기어 늦가을을 가로지르다가, 소나기눈에 흠칫하여 눈을 뜬다.

겹쳐진 여자, 시든 남자, 언 남자는 변함없이 세모꼴로 있다. 저 면면하고도 굳건한 삼각형에 나는 굴복하고 만다. 서랍장에서 새하얀 식탁보를 꺼내어 식탁에 깔고 주름을 편다. 구김살마다 지그시 누르며 잠재운다. 지난날의 흔적이 지워져 반반해진 식탁보 위에, 큰 접시 아홉 개를 빙 둘러놓는다. 청록색 테두리의 접시 옆자리마다 갈쭉스름한 숟가락을 둔다. 언 남자의 반대쪽에 나도 착석한다.

여태 표정이 누그러지지 않은 남자는, 인제 닫힌 문 대신에 나를 노려본다. 다만 눈앞의 것에 독기를 쏘아 댈 뿐, 정작 대상은 중요하지 않은 것이다. 그 앞에 놓이면 무엇이든 진노할 상대가 된다.

눌린 코가 아파 보인다.

어찌하다가 저리된 것일까. 아무러한 잘못도 없이 변을 당한 것일까. 그리하여서 저토록 억울한 얼굴이려나. 상당히 낯이 익은 표정인데…… 어디서 말대답이야! 분통스러운 낯빛의 남자가 교량 한가운데에 우뚝 서 있었다. 묵묵히 그를 비껴가는 여자한테마다 어디서 말대답이냐며 으르렁으르렁했다.

여자의 맞대꾸가 왜 그리도 싫었을까, 잠연히 지나는 여자들에게서 정녕 무엇을 들었을까, 하고 생각하며 나는 하천으로 내려갔다. 자그마한 새 한 마리가 사선으로 물에 내려앉으며 앞으로 나아가자 투명한 부채꼴의 꼬리가 생겨났다. 찰랑이며 커지는 꼬리를 끌고 새는 물 위를 미끄러져 나아갔다. 자신의 꼬리가 커지는 줄도 모르고 떠도는 새를 지켜보다가 나는 풀숲을 거닐었다. 혹시 몰라 뒤를 살폈으나 나의 꼬리는 보이지 않았다. 적어도 나의 눈에는. 무릎을 구부리고 앉아 땅을 보니, 구멍 속에서 시퍼런 덩어리가 데굴거리며 무언가를 걸신스레 흡입하고 있었다. 무언가와 합성하려는 듯 보였는데, 이내 나의 시선을 느끼고는 하던 일을 멈추었다. 땅의 시퍼런 눈동자가 나를 올려다보았다.

얼마 만의 휴식인가.

건너편 벽창 너머로 벌써 겨울이 보인다. 질풍을 선두로 하여 숲 쪽으로 기세 좋게 행진하는 겨울이. 물의 온 힘을 끌어모아 호수가 밀어붙인 겨울의 냉엄한 조각들이. 또다시 녹으리라는 약속을 품은 차디찬 조각들이. 절대로 어기지도 깨지도 않을 언약이 담긴 겨울의 세포들이.

눈 맞기

풀을 찾느라 땅만 보며 걸은 윤오는 어느새 떵떵 얼어붙은 숲을 지나 벌판에 서 있다.
동결된 둔기에 얻어맞은 얼굴로.
초여름에 내리는 때아닌 눈에 어이없어한다. 몸은 이미 냉기로 꽉 찼다. 가만히 있다간 꼼짝없이 동사할 터라, 냉랭한 어둠 속을 무턱대고 걷는다. 풀들마저 딱딱하게 얼어서 걷기조차 만만치 않다. 얄따란 샌들 밑창을 뚫고 찬기가 쇠못처럼 뻗쳐오른다. 눈발이 성기어 그나마 다행이라고 자신을 달래며 걸음을 늦추지 않는다. 그런데 나아갈수록 공기의 질량감도 냄새도 확연히 변질되는 현실에 호흡이 불규칙해진다.
물 냄새.
크나큰 물 냄새다.
자신을 단숨에 집어삼킬 양의 물이 가까워짐을 느낀다.
그리 멀지 않은 곳에서 불현듯 친숙한 동물의 울음소리가 퍼지고, 그가 홀린 듯 그쪽으로 다가간다. 눈이 삽시에 촘촘해지더니 한 뼘 거리도 안 보일 지경이 됐다. 얄팍한 옷은 무력하게 쫄딱 젖었다. 뾰족한 쇳조각들이 내리퍼붓는 것 같다. 알몸으로 쇠촉 모양의 눈을 맞는, 그런 형벌을 받는 자신의 모습이 뇌리에 가물거린다. 그러며 뒤뚱뒤뚱 계속 걷는다.
가까워지던 울음이 뚝 그친다. 차가운 적막감에 멈칫한다. 갑작스레 덮친 공포가 그를 포박한다. 꽝! 단번의 마치질로 그 자리에 그를 박는다.
빛이다.
눈발이 만드는 두꺼운 장막을 통과해 아스라이 빛이 번진다. 그는 확신한다. 이 시각 이런 장소에서 저런 비자연적인 불빛을 낼 존재는 인간뿐이라고. 빛의 도움을 받아 비로소 물을 본다. 짐작대로 크넓은 물이다. 물을 관찰하는 것도 잠시, 눈발을 찢고 동물이 달려들고 윤오가 나가떨어진다.

하얗다.
까맣다.
털이다.
등에 큼직한 까만 점 하나가 박힌 뽀얀 개가 윤오 주위를 맴돌며 짖는다. 그러다, 왔던 방향으로 얼마쯤 뛰어갔다 되돌아오며 장난친다. 그는 또 확신한다. 실내에서 인간 무릎에만 앉아 응석받이로 자랐을 거라고. 갓 미용한 티가 나고, 동그란 이름표가 달린 목줄도 했다. 요술 풍선으로 만든 개처럼 귀엽지만, 섣불리 만졌다간 물릴지도 모른다. 이름표를 들여다보거나 머리를 쓰다듬는 시도 따윈 하지 않는다. 개를 보살피는 인간이 분명코 가까이 있으리란 믿음만으로도, 언 얼굴이 다소나마 풀린다.
그러나 빛이 사라진다.
촛불이 꺼지듯 힘없이 한순간에.
컹컹! 우짖으며 개가 냅뛴다. 불길한 의혹이 그를 엄습한다.

개를 버리고 떠난 것인지, 그러고자 이만 으슥한 데까지 온 것인지. 몸을 일으키다 대여섯 번이나 미끄러지고 바지가 쫙 찢긴다. 너덜너덜해진 틈으로 한기가 파고들어 살가죽을 난도질한다. 개도 더는 짖지 않는 터라, 뛰어가는 방향을 가늠하기도 불가능해졌다.

개를 보고 나니 절실해진다.

반드시 개가 있는 데로 가야 한다는 절박함에 심장이 빨딱인다. 그 개라면, 자기가 원래 있던 지점으로 데려다주리란 기대로 초조해진다.

하얀 눈

하얀 눈

하얀 눈

하얀 눈이 내리고 내리고 그의 뇌에선 뽀얀 개만 이리저리 뛰어다닌다.

어떡하면 개를 찾을 수 있을까, 앞뒤 없이 걷기보단 개를 따르는 편이 훨씬 안전할 텐데, 인간보다 후각도 탁월한데, 위험을 무릅쓰고서라도 이름표를 확인했어야 하는 건데, 그랬더라면 지금 개를 부를 수 있을 텐데, 아니지, 이런 암흑 속에서 글자가 보일 리 없지, 이어지는 그의 생각마다 눈이 소복소복 쌓인다.

한 걸음도 내디딜 수 없을 만큼 추위와 허기와 불안으로 지친 윤오는, 물을 느끼며 하염없이 떤다. 아직도 정체가 알쏭한 큰 물. 희미하게 그의 곁으로 펼쳐진 물은 들이퍼붓는 눈을 꿀꺽꿀꺽 삼킨다. 그러는 물의 모습에 그는 미혹된다. 쏠쏠 얼이 빠지더니 어느 결에 완전히 흐리멍덩해졌다.

땅에 저렇게 큰 입이 있네

목이 타나 보네

그래서 저렇게 눈을 먹나 보네

밑도 끝도 없는 추리만 반복하다 풀썩 무너져 내린다. 기다렸다는 듯이 땅은 윤오의 남은 온기를 세차게 흡입한다. 시퍼런 덩어리가 땅에 그랬듯, 땅도 인간과 합성하려 든다.

취한 폐가

한결 깊어진 향이 폐가를 깨운다.

동경의 시간에서 빠져나온 폐가는, 부엌이 퍼뜨리는 향 때문에 색다른 질로 혼미해진다. 이젠 여기가 심장이어도 좋다고 여긴다. 불의 기운을 느끼기도, 종종 새초롬하게 또는 우락부락하게 들이치는 바깥의 기운을 맛보기도, 참으로 오랜만이다. 버섯이 없었더라면, 버섯의 바람을 들어주는 존재가 없었더라면, 도저히 실현될 수 없었음을 되새김한다. 온기 향기 습기에 따라 몸을 부풀렸다 오므리며 자신의 형태와 쓸모에 집중한다.

상한 성싶어도, 어느 모로 보나 당근케이크다.

뭣보다 자신이 원통형이란 사실에 흡족해한다.

바람도 눈발도 빗발도 낙엽도 꽃잎도, 자신의 모나지 않은 형태를 좋아한다. 그건, 넋 놓고 지나다가 날카로운 모서리에 상처 입거나 흐름에 방해받는 일이 없어서이다. 당근을 좋아하는 소슬바람이 몰래 널름 핥고 지나기도 하지만, 고쯤이야 관용해 준다. 비록 낡긴 했으나, 특이한 외관 덕분에 인간을 유혹할 수도 있음에 흐뭇해한다. 자신의 쓸모는 모름지기 누가 들어오느냐에 달렸기에, 긴장을 늦출 수 없다. 우선 향긋한 온기를 담는 데 몰입해야 한다.

담기.

그것이 첫 번째 쓸모다. 그건 그다지 어려운 일이 아니다. 힘을 빼고 몸을 맡기면 된다. 취하면 된다. 무슨 일이 벌어질진 폐가도 모른다. 아무 일도 생기지 않고, 그저 향기로운 훈김을 담은 채 수백 년이 흐를지도 모를 일이다. 그런들 폐가로선 아쉬울 게 없다. 이미 훈훈한 향을, 연민의 맛을 풍부히 경험했으니까. 연민을 품은 생명만이 뿜는 향미를. 그 아릿한 숭엄함을. 가장 맛난 맛을.

언뜻 폐가는 생각한다. 손님을 맞으려면 적어도 램프라도 켜야 하지 않을까 하고. 그렇지만 빛이 필요치 않은 존재들에게 불을 밝히게 하기란, 여간 까다로운 일이 아니다. 일단 두고 보기로 한다. 뭔가 다른 일을 도모하기엔 너무도 취했다. 단, 취한 채로도 절대 긴장의 끈을 놓치면 안 된다.

잃었기에 만나는

부드럽다고 느낀다.

따스하다고 느낀다.

촉촉하다고 느낀다.

말캉해진 머리가 깊은 곳에 처박혔다고 윤오는 느낀다.

소리……

소리가 퍼진다.

하지만 워낙 아득해 알아듣지 못한다. 더욱더 깊이 빠지려고만 드는 머리를, 뭔가 부드럽고 따스하고 촉촉한 것이 검질기게 밖으로 빼내려 든다고 느낀다. 포근한 힘이 머리를 잡아당긴다고 느낀다. 아련하던 소리가 점차 맑아지더니 일순 힘을 키운다.

"눈 좀 떠 봐요!"

눈꺼풀 위에서 작고 보드라운 존재의 약동을 그는 느낀다.

드디어 육중한 장막이 실낱같이 걷힌다.

그 틈으로 찬기가 떨어져 내린다.

"아!"

수직으로 떨어진 기쁨을 그가 흡수한다.

"숙희, 해냈어!"

윤오의 언 얼굴을 핥느라 눈을 고스란히 맞은 숙희를 진숙이 빤짝 든다. 카디건으로 돌돌 말아 자기 발치에 둔다. 살기를 품은 눈발은 어느덧 수그러들어 푸설푸설 흩날린다.

"나, 기억해요? 오토바이?"

귀에 익은 음성이 그의 의식을 콕콕 찌른다.

거대한 어둠을 등에 업고 자신을 내려다보는 존재를 마주한다.

"일어날 수 있겠어요? 일어나야 해요. 자, 힘내요."

다시 눈을 감지 못하게 진숙이 쉬지 않고 말을 붙인다. 늘어진 윤오를 바닥에서 떼어 내려 안간힘을 쓴다. 그러나 일말의 의지도 없는 인간을 일으키기엔 역부족이다. 몸을 한껏 기울여 그를 부둥켜안는다. 그 찰나 그의 혀에 단맛이 돈다. 다디단 살맛에 그의 피부가 오그라든다. 메마른 목으로 단침이 흘러내리며 뇌에 섬광을 방사한다.

"케…… 케……."

"그래요, 케이크. 일어나요. 일어나서 케이크 또 먹읍시다."

정신이 드는가 싶던 윤오가 또다시 눈을 닫고 까무러친다.

양 무릎을 움키고 진숙이 가까스로 일어선다. 허벅지까지 흠뻑 젖은 바지를 털며 얼얼함에 몸서리친다. 개를 감싼 옷도 여름옷이라 아무런 도움도 안 된다. 오들오들하는 개를 안고 쉼 없이 주무른다. 윤오가 정체를 모르던 물을 그녀가 바라본다.

말없이 보는 그녀를 물도 말없이 본다.

둘 사이에 침묵이 고이며 담을 쌓는다.

물의 비밀 그녀의 비밀이 성을 짓는다.

숙희와의 지난날을 추억하며 오토바이로 한 바퀴 돌다가 케이크나 하나 사서 귀가할 요량이었다. 그랬건만, 달리다 보니 낯선 길이 끊임없이 생겨났고 자신은 맹하게 전진했다. 어둠이 땅까지 둔중하게 내려앉았는데도 아랑곳하지 않았다. 오작동된 듯이 흙길을 내달리다가 풀숲을 지나자 어처구니없게도 호수 앞에 있었다.

납작스름한 산으로 에둘린 호수에.

순식간에 기온이 떨어지더니 눈발까지 휘날렸다. 오토바이도 비상등만 잠깐 켜졌다 푹 퍼졌다. 시동조차 안 걸렸다. 그러는 사이 개는 뛰어갔다 되돌아와, 죽자 사자 그녀 바지를 물고 끌어당겼다. 개가 이끈 곳으로 와 보니, 내다 버린 주검처럼 윤오가 뻗어 있었다.

"호수라니!"

물을 맞대한 진숙의 입에서 한숨에 젖은 말이 흘러나온다. 별로 특이하달 것도 없는 평범한 호수다. 하지만 여기에 이런 게? 맥 놓고 오토바이를 몰았다지만, 자기 힘으론 멀리까지 못 갔을 터라 고개만 가로젓는다. 언 머리칼에서 얼음 조각이 달가닥거린다.

"호수입니까…… 저게?"

시름없이 물을 보던 그녀가 반사적으로 몸을 튼다. 윤오가 윗몸을 세우고 앉아 물만 멀뚱히 보고 있다. 가슴에 파묻힌 개가 별안간 뛰어내려 진숙이 기우뚱한다. 개는 막무가내로 짖으며 뛴다.

"숙희!"

그녀가 질겁해 외친다. 자신에겐 별달리 보이는 것도 들리는 것도 없으나, 뭔가가 나타났기에 개가 저럴 것이다. "숙희!" 허둥지둥 무지근한 다리를 놀리지만, 몇 걸음도 채 못 가 자지러진다.

밤공기가 작은 생명체를 뱉는다.

잇따라 또다시 뱉는다.

두 생명체가 똑같은 형상과 속도로 다가온다. 차림새로 미루어, 이곳에 사는 아이들이 틀림없다고 진숙이 확신한다. 저 아이들을 따라 가면 어딘가에서 몸을 녹일 수 있으리란 기대로 머리도 가슴도 환해진다.

"쟤는……."

윤오는 머리도 가슴도 한층 껌껌해진다.

몇 주 전, 지하철에서 회피하고 싶었고 한사코 회피한 아이다. 그 여자아이가 희한하게 복사된 남자아이와 함께 등장했다. 그는 생각에 빠진다. 쟤는 그날 오전 이곳에서 지하철역까지 갔다가 오늘에야 원점으로 복귀한 걸까, 그래서 신발이 그토록 젖어 있었나, 겨울에서 살다 초여름으로 건너가서? 아이들 뒤의 밤공기가 또 다른 생명체를 뱉는다.

점차 드러나는 여름옷의 윤곽에 진숙의 입꼬리가 점차 처진다. 왕왕대며 쫓아오는 개 앞에서 민아가 몸을 낮춘다. 자주색으로 곱은 손을 내미니, 개가 쿵쿵거리다 흥분을 가라앉힌다. 누그러진 개를 민아가 품에 안고 걸어온다. 개는 민아의 언 턱과 언 입술을 핥는 데 몰두해 더는 짖지 않는다.

"이름이 뭐예요?"

"숙희, 숙희다. 너는?"

"수키요? 멍키처럼요?"

"목격자분?"

상필이 다가오다 말고 묻고, 진숙은 연속적인 의외의 재회에 할 말을 잊는다.

긴 줄에 드문드문 꿰인 진주알이 또르르 굴러서 한곳으로 몰리듯, 모두가 모였다. 모두가 잃은 길에서 만났다. 잃었기에 만났다.

진숙의 어리벙벙한 표정을 보고 민아는 포기한다. 자기가 던진 질문에 대한 답을. 지금껏 던져 온 숱한 질문에 대한 답을 숱하게 포기했듯이.

"전 민아, 얜 민규예요."

민규는 곧 쓰러지게 생겼다. 핏기 하나 없는 낯에다 눈도 꾹꾹 닫혔다. 모든 힘이 몸을 떠는 데 몰렸다.

"민규? 민규우우? 민! 규!"

진숙이 땅땅 망치 소리를 내자 민규가 눈을 연다.

"아까 약속 있다고 서두르시더니만, 대관절 예서 누굴 만나시려고?"

"아까……라뇨?"

진숙의 눈이 볼록렌즈가 된다. 몇 주 전 일을 마치 오늘 일처럼 말하는 상필을 탐색한다. 냉동 안치소에서 탈주한 시신이 따로 없다. 몸에 냉기가 들어서 뇌도 깡깡 언 거라고 짐작한다.

호수의 제안

호수 표면이 퍼르르 떨린다.

겨울의 엄숙함을 만끽하던 호수는 고요를 깨트리는 소란스러움을 더 이상 인내할 수가 없다. 그리하여 결단을 내린다. 인간들에게 제안하기로. 긴긴 세월 동안 정성껏 벼려 온 장검을 신중하게 뺀다. 호수 반경에 이르는 길이의 검이 반원을 그리며 찬 공기를 민다.

촤아아!

서슬 퍼런 울림과 함께 인간들 앞에서 멈추자 모두가 술렁술

렁한다. 호수의 의도를 간파하지 못했으므로 여전히 수선스러울 따름이다. 호수는 그들이 어물거리다 점차로 굳고 종국엔 자기 곁에서 목숨이 꺼지는 일이 없도록, 수차례 장검을 휘두른다. 오랜만에 쓰는 칼이라 간혹 불안정하게 반원이 그려진다. 하여 숨을 가다듬고 신밀한 준비의 시간을 거친 뒤, 다시금 검을 휘두른다.

깨진 평형을 다잡은 검에서 새뜻한 기운이 내뻗치자, 인간들이 호수 반대 방향으로 몸을 돌리고 하나둘 움직인다. 장검의 위력에 홀친 나무들이 가리키는 방향으로 모두가 수굿이 나아간다. 호수는 만족에 겨워 촤아아! 신바람 나게 한 번 더 칼을 내두른다.

평정심을 되찾은 호수는 고즈넉하게 겨울을 즐기다가도, 추위에 데식어 버린 인간들이 늦장을 부릴라치면 장검을 휘두른다. 그들의 구붓구붓한 등을 있는 힘껏 떠민다. 힘이 자라는 데까지 보살핌의 손길을 뻗는다.

무거운 발 가벼운 머리

호수 쪽에서 칼바람이 일직선을 그으며 밀려들면, 모두가 걷기를 멈추고 균형 잡기에 열중한다. 아이들은 아예 주저앉는다. 바람의 파괴력에 갈가리 찢겨 날아갈까 봐 땅에 의지한다. 그러다 바람이 걷히면, 다음 바람이 또 퍼지기 전에 발걸음을 재촉한다.

다섯 모두 방향 감각을 잃었기에, 다섯 사람의 정보를 모아도 수확이 없었다. 아이들이 품었던 거품도 백만 년 전에 빵 터졌고. 진숙만이 휴대전화를 들고나왔다. 그런데 그마저 새까만 화면만 보이고 먹퉁이 돼서, 기절한 오토바이에 두고 왔다. 호주머니에 든 거라곤 냉동된 신용카드뿐이고. 바람도 미쳤다! 따라서 일단 모두가 걷기로 했다. 얼음 송장 조각상이 되지 않으려면 그 방법뿐이었다.

맨 앞에 윤오가 간다.

영락없는 좀비인 그가 최선봉에 섰다. 진숙이 그를 앞장세웠다. 혹여나 그가 쓰러진 줄도 모른 채, 다들 가 버릴 수도 있으니까. 무조건 그의 속도에 맞추자고 의견을 냈고, 다들 그 뜻에 따랐다. 도리질할 힘도 없었다. 다친 윤오를 부축해 줄 자는 없다. 민아는 헬렐레하는 민규를 돌보며 걷는 중이다. 상필은 윤오의 반도 안 되는 가냘픈 노인이다. 가슴 쪽에 멘 배낭을 부둥키고 아장아장 발을 옮긴다. 베개를 끌어안고 공중에서 외줄 타는 아이처럼. 지금 걷고 있다는 사실이 경이로울 만치 진숙은 나이가 많은 데다, 물걸레가 된 개까지 안았다. 개는 무당 손에서 짤랑거리는 놋쇠 방울같이 떨고 있고. 그러는 개를 주물럭대느라, 남는 손도 없다.

한 걸음

두 걸음

세 걸음

모두가 가끔가다 눈을 받아서 먹으며 망망한 눈벌에 무거운 걸음을 떼어 놓는다. 인간의 흔적을 찾는 데에만 순일하게 집중한다. 발은 무거우나 머리는 각자의 회한에서 풀려나 한결들 가벼워졌다. 무게가 머리에서 발로 하강하자, 뜻밖에도 다소 치유된다.

천 걸음

천한 걸음

모두가 아까보다 바람을 약하게 느낀다. 그건 호수에서 제법 멀어져서이다. 하지만 눈발은 굵어졌다. 무자비한 채찍같이 인정사정없이 후려갈기는 바람보다는 차라리 눈이 낫다고들 느낀다. 차갑긴 해도 얌전히 젖어 드니까. 바람으로 말미암아 첫발을 디딘 줄도 모르고, 다들 눈을 선호한다.

"저기요!"

민아 손끝이 가리킨 방향으로 모두의 목이 뚜두둑 비틀린다. 눈발 속에 다른 성질과 밀도로 도드라지는 물체가 포착된다. 윗부분에 두둑이 쌓인 눈으로 단지 높이만 가늠된다. 제대로 식별하기엔 거리가 꽤 떨어졌다. 모두가 속도를 내어 그

쪽으로 걷는다.

이 황량함 속에서 다들 뭐라도 나타나기만 고대했다. 그럼에도 막상 마주하니 아무도 다가가지 못한다.
"집인가?"
민아가 옹알대자, 갓 해동된 꽁치 같은 민규가 입을 벌린다.
"부, 불, 불도 하나도 안, 안 켰는데?"
짝짝 갈라진 꽁치 입술에 핏방울이 맺힌다.
"다 잠들었나?"
흐르는 핏물을 검지로 톡 눌러 주며 민아가 물음으로 답한다.
"모양새가…… 유적지?"
진숙이 멀찌가니 서서 전체적인 형태를 둘러보며 웅얼거린다.
"무슨 버려진 실험실 같은 거 아닐까요?"
자진해서 들어갈 마음이 전혀 없는 상필이 묻는데, 픽! 윤오가 중심을 잃고 쓰러지고, 웡! 진숙의 품에서 개가 뛰어내린다. 몸속에 영구히 지울 수 없는 명령어가 입력된 듯, 오들대면서도 반복적인 행동을 이어 간다. 윤오 얼굴을 핥다가 짖다가 맴돌기를 한시도 멈추지 않는다.

"이봐요! 정신 차려요!"

진숙과 상필이 윤오를 에워싼다. 돌부리에 찍혀 팔도 죽 찢기고, 투실한 볼살에도 군턱에도 상처투성이다.

"더 젖기 전에 일으킵시다!"

진숙의 제안이 떨어지자 상필은 배낭을 뒤로 멘다. 남은 힘을 쥐어짠다. 둘이 합세해 윤오 상체를 엉거주춤하게나마 세우는 데 성공한다. 다행히 그는 곧 정신이 돌아왔다. 하지만 탈수도 안 하고 세탁기에서 꺼낸 곰돌이처럼 몸을 가누지도 못한다. 목에서 꼬리까지, 33조각은커녕 1조각의 뼈도 없는 모습이다.

"따뜻해요!"

어느새 민아가 문 바로 안쪽에서 팔을 흔든다. 상기된 민아를 민규는 문밖에서 바라볼 따름이다. 민규 눈빛이 초조하게 방황하고 쏴! 억센 눈바람이 날아와 홀쭉한 등판을 난타한다.

손님 감상

문을 연 여자아이가 밖에다 대고 따뜻하다고 소리치더니 부엌으로 선뜻이 들어온다. 입구 가까이의 벽을 다듬거린다. 바라는 것이 만져지지 않는지 한숨짓는다. 여자아이가 나의 곁을 스치자 호수의 장렬한 냄새가 끼친다. 모진 바람에 호되게 시달린 인간의 냄새가 부엌에 서린다. 얼마간 어둠에 익숙하여진 여자아이가 선반 끄트머리에서 램프를 집는다. 어렵사리 성냥갑까지 찾아냈으나, 램프만 살살 돌리며 만지작만지작한다.

뽀유스름한 개가 들어온다. 이미 착석한 자들을 한 명 한 명 쳐다보며 쉰 소리로 캉캉댄다. 젖은 꼬리까지 치세웠다. 문에서 가장 동떨어진 탓이려나. 나는 못 본 눈치이다. 아무도 아무러한 응대도 없자 시큰둥하게 나간다.

문밖에서 쭈뼛대던 남자아이가 들어선다. 경계심에 차서 해반닥거리는 눈으로 문께에서 주위를 살핀다. 결심이 섰는지, 벙히 서 있는 여자아이한테 다가선다.

"그때 그 영화 기억 안 나?"

남자아이가 단번에 성냥을 긋고 램프에 불을 댕긴다.

"맞아, 그랬지!"

여자아이 목소리에 금시에 정기가 돈다. 제목을 대지 않아도 걸림 없이 알아들었다. 밝아진 램프를 여자아이가 식탁 정중앙에 둔다. 불빛에 물든 아이들이 똑같은 황금 조각상처럼 서서 식탁을 둘러본다. 둘의 고단한 냄새에 나까지 피로하여진다.

"모두 아홉 개야."

여자아이가 말하자 남자아이가 덧붙인다.

"우린 다섯이니깐 네 개가 남아."

"아냐, 세 개가 남아. 수키가 있잖아."

"아, 수키를 까먹었네."

뒤이어 한차례의 소란이 인다. 겨울의 혹독함에 흠씬 젖은 인간들이 벼락바람처럼 들이닥친다. 내가 앉은 자리까지 그들의 냄새가 덮친다. 부엌을 메운 버섯죽의 향도 짓눌린다. 개는 홀로 문밖에서 바쟙게 서성인다.

"숙희? 숙희!"

우물쭈물하는 개를 노파가 억지로 잡아당기고 냉큼 문을 닫는다. 어찌한 영문인지 개는 나하고 눈이 맞닿자 무춤 물러선다. 꼬리를 사리고 노파 다리에 찰싸닥 달라붙는다. 등줄기의 검은 점이 자잘하게 열 조각으로 슬그머니 벌어졌다가 다시금 합체한다. 간질간질한 비밀을 발설하려다 침묵한다.

과연 빈자리에들 앉을지 염려된다.

직사각형 식탁의 면마다 이미 겹쳐진 여자, 언 남자, 시든 남자, 그리고 내가 한 자리씩을 차지한 터이다.

내 맞은편으로는 언 남자가 부루퉁한 얼굴로 있다. 아무도 부엌문을 등지고 앉고 싶지 않은지, 다들 거기는 그냥 지나친다.

내 바로 왼편으로는 시든 남자가 기진맥진 퍼져 있다. 노파와 노인이 까부라진 남자를 부축하여 그 곁에 앉힌다. 그를 뒤따라 아이들도 착착 앉는다.

내 오른편으로는 빈 의자가 둘이고, 그 끝으로는 겹쳐진 여자가 물을 콸콸 흘리고 있다. 상석에 앉기가 꺼려지는지, 노파는 나의 뒤를 뱅 돌아 오른편에 앉는다. 노인은 겹쳐진 여자와 노파 사이에 자리를 잡는다. 개는 노파 발등에 궁둥이를 붙이고 꼼짝도 하지 않는다. 탈 없이 알아서들 빈 의자에 착석하였다.

겹쳐진 여자를 하나로 치면 아홉이 맞다. 그러하나 개까지 합하면 열이다. 아까 10인분쯤이 되었으니, 그사이 부쩍 줄지만 않았다면 적절한 양이리라.

무엇을 하다가 온 것일까.

어떠한 시간을 지나온 것일까.

모두가 눈을 감은 채로 겨우 숨만 쉬고들 있다. 아무도 나의 등 뒤로 난 문을 열고 집을 둘러보지 않는다. 그리하기에는 너무들 고달파 보인다.

노파는 나무토막 같은 얼굴을 하고 있다.

반면에 몸은 발효가 잘되어 제대로 부푼 빵 같다. 한입 베어 물고 싶을 만치 폭신해 보인다. 딱딱한 얼굴 위로 생크림을 얹은 듯이 백발이 풍성하다. 핥으면 온몸으로 부드러이 퍼지리라. 만일에 지금같이 젖지 않았더라면 한결 소담스러워 보이겠지. 수십 년간 팔레트에 방치된 수채 물감들처럼 굳어진 얼굴이라니. 젖은 붓으로 열성껏 문질러 도화지에 칠한들, 본디의 색을 내기란 가망도 없으리라. 빛바랜 색마다 지절대는 듯싶으나, 알아듣기에는 몹시나 메말랐다. 원하는 색의 물감을 잃은 표정이다. 무슨 색깔을 상실한 것일까, 노파는.

다친 남자는 저 혼자 몸 곳곳에서 피를 흘리고 있다.

그리하며 자신의 상처를 보란 듯이 드러낸다. 맹세코 자신은 가해자가 아니라 피해자라는 태도로 상처를 내보인다. 쓰라리다고 어서 도와 달라고 그의 상처마다 아우성친다.

더 이상 구겨질 수 없을 정도로 구겨진 노인이다.

무지막지한 손에 쥐였다가 놓여난 듯하다. 뜨스운 물에 담갔다가 판판하게 펴서 볕에 말리어 주고 싶은 얼굴이다. 깊고 굵은 주름마다 자신이 생겨난 내막을 꼭꼭 숨기고들 있다. 스스로 구겨지고 있는데도 마냥 체념하고 내버려둔 것일까, 아니면 우세한 누군가가 함부로 구긴 것일까.

무얼 찾는 것이려나.
아이들은 눈을 뜨고는 있으나, 까마득한 데에서 무언가를 찾아 떠도는 성싶다. 그러면서도 여자아이는 왕왕 곁눈질을 한다. 주눅이 든 남자아이를 살피느라 정신이 팔려서, 자기가 어떠한 상태인지도 모르는 눈치이다. 얼굴에 쌍굴이라니. 퀭한 두 눈이 나란한 동굴을 이루었다. 대체 살아오는 길에서 무슨 열매를 삼킨 것일까. 남자아이 눈은 두려움을 잔뜩 머금었다. 다른 감정은 비집고 들어갈 틈도 없는 형세이다. 어찌하다가 그러한 몹쓸 열매를 몸에 들였으려나. 허기를 잠재우려 그거라도 먹은 것일까.

새로이 당도한 손님 중에서 개만이 모든 존재를 다 보았다. 그리하여서일까. 도저히 편히 엎드릴 수가 없나 보다. 여전히 앞다리를 꼿꼿이 세우고 앉아 있다. 무슨 일을 하였는지 휘질 대로 휘졌다. 그러한데도 긴장을 풀지 않는다. 강직된 몸을 간단없이 발발대고, 눈알은 튕기어 나올 판국이다. 잠시라도 개가 쉬면 좋으련만, 나에게는 이러하다 할 묘책이 없다. 그저 개가 제풀에 꺾이어 부엌의 숨결에 동화하기를 바랄 뿐.

길 잃은 자를 위한 식탁

모두가 의자와 혼연일체가 되어 늘어져들 있자, 민아가 조용히 아궁이 쪽으로 간다. 까치발을 하고 솥뚜껑 꼭지를 움켜쥔다. 몇 번이고 올리지만 꿈쩍도 안 한다. 소맷부리를 잡아당겨 주먹을 싼다. 뚜껑을 옆으로 힘주어 민다. 향긋한 김이 물씬 피어오른다. 입안에서 발랄한 무곡이 퍼지고 혀가 빠른 템포로 달싹댄다. 도두 서서 깊이와 높이를 가늠하곤 볼을 부풀리며 뚜껑을 닫는다. 결의에 차서 상필에게로 다가든다. 민아 눈에 그나마 그가 멀쩡해 보인다.

"먹을 게 있어요. 냄새도 나쁘지 않아요. 근데, 팔이 안 닿아요."

아이에겐 무척 깊고 무척 높기에 어른의 도움을 구한다.

상필은 노파와 남자를 번갈아 볼 뿐이다. 자신이 퍼 준 음식을 먹고 탈이라도 날까 지레 겁먹는다. 일어설 기미도 없고 이렇다 저렇다 대꾸도 없다. 민아가 타달타달 노파 곁으로 간다. 일부러 소리 나게 거푸 한숨 쉰다. 앉자마자 녹아떨어진 노파가 호응하기만 고대한다. 거친 날숨이었건만 노파는 끈질기게 잠잠하다. 다친 남자는 아파 죽겠다는 얼굴로 자신의 상처에만 몰입했고. 민아 입에서 진짜 한숨이 터지는 찰나 민규가 자리를 뜬다.

어느새 아궁이 앞에서 민아를 건너본다. 잠깐의 휴식으로 민규는 기운을 약간 되찾았다. 아궁이가 퍼뜨리는 온기에 볼도 발그레해졌고. 민아가 다가가 솥뚜껑을 쓱 민다. 민규가 민아를 따라 솥을 들여다본다.

보얀 김이 둘의 볼을 어루만진다.

몸 안에 향기롭고 푸근한 김이 서리고 아이들 혀에 군침이

짜르르 돈다. 은색 잔물결이 촐랑촐랑하는 동그랗고 아담한 호수 같다고 둘은 여긴다. 이런 호수에 둥둥 뜬 채로 널따란 하늘에 유영하는 구름을 새를 별을 보다가 스르르 잠들면 좋겠다고 동시에 생각한다.

"죽 같지?"

"은색 죽?"

민규가 되물으며 식탁 쪽을 본다.

"이걸 저기에다 담아?"

"수키한텐 그렇게 주면 될걸?"

민아 의견에 민규가 눈을 끔뻑인다.

"난, 딴 그릇이랑 국자를 찾아볼게. 넌, 상자 같은 거 좀 구해. 좀 높잖아?"

민아가 발꿈치를 들었다 내린다.

"의자는 안 돼?"

"흠. 잘 봐 봐."

의자를 뜯어보고도 민규가 어깨만 으쓱하자, 민아가 다부지게 말한다.

"죽 푸기엔 높아. 의자는 딴 데다 쓸 거야."

찬장 가까이에 빈 의자가 보이는데도, 민아는 굳이 반대편에서 자기 의자를 가져온다. 의자에 올라 찬장을 연다. 우묵한 그릇 다섯 개를 조심조심 꺼내다가 생각에 잠긴다. 세상에 길 잃은 사람이 다섯뿐이진 않을 것 같다. 누가 더 올지도 모른다. 또 의자를 가져오고 또 올라서고 또 꺼내려면 무지 귀찮을 거고. 그릇 아홉 개를 전부 꺼낸 뒤, 의자에서 내려와 즉시 제자리로 옮긴다.

그러는 사이 민규는 부엌을 톺아본다. 디디고 설 만한 것을 찾는다. 하지만 부엌문 옆에 세워진 삼각 빗자루와 밀걸레 말고는 딱히 눈에 띄는 물체가 없다. 맞은편에 문이 보이긴 하나, 열어 볼 엄두도 못 낸다. 민규는 닫힌 문이란 문은 죄다 겁낸다. 그건 언제나 문을 부술 듯이 내차고 들어오던 아빠가 남긴 선물이다.

공포라는 이름의 선물.

억지로 받았고 매일매일 열리는 선물.

서랍장을 뒤져 민아가 큰 나무 국자까지 챙긴다. 하릴없이 서성이는 민규를 손짓으로 부른다. 아무런 소득도 없이 되돌아와 민규는 어깨가 좀 처졌다. 그런 민규에게 민아는 재빨리 일거리를 준다. 민규는 한번 실망과 자책에 잠겨 의기소침해지면 기분 전환이 안 되니까. 민아는 늘 민규의 감정 변화에 유의한다. 풀이 죽기 전에 조치하려 아등바등한다.
"이걸 빼. 두 개면 될걸?"
서랍장 아래쪽의 큰 서랍을 민아가 가리킨다.
민아의 민첩한 제안에 민규가 활기차게 서랍을 뺀다. 안에 든 자질구레한 물건을 날쌘 손놀림으로 꺼낸다. 곧바로 낮은 선반 구석에 차곡차곡 얹는다. 웬만한 집안일은 둘이 힘을 모아 해결해 온 터라, 이쯤이야 일 축에도 못 든다. 더군다나 걸리적거리는 물건이 많을수록 아빠나 할머니가 집어 던진 물건에 맞을 확률이 높았으므로, 아이들은 집을 어지르는 법이 없었다.
어지르지 않기.
그 규칙만 지켜도 상처가 덜 났다.
삶의 질이 덜 나빠졌다.
아주 조금만 더 나빠져도 머리가 폭발할 것임을 감지했기에, 아이들은 아주 조심했다. 뇌의 복잡한 그물망에 문제가 생겼음을 본능적으로 알았다. 그들을 평생 따라다닐 자못 복잡한 문제. 보건 선생님이 주는 백초 시럽이나 포도당 사탕으론 결코 해결되지 않을 문제.

민아는 물먹은 운동화부터 벗는다. 쓰고 나서 부엌살림을 보관할 물건이니까. 민규가 쌓은 서랍 두 개에 민아가 사푼히 올라선다.

서랍은 자신의 새로운 쓸모에 감탄한다. 오랫동안 몸에 담아 온 물체가 하나씩 떠날 때의 그 가뿐함이 무엇보다 좋았다. 몸속을 휘저은 공기의 움직임도 새롭고 산뜻했다. 그러나 지금 이 순간의 느낌엔 비할 바가 아니다. 민아의 젖은 발바닥이 서랍 밑면에 붙는 찰나, 서랍이 몸을 바르르 떤다. 자신을 내리누르는 촉촉한 무게에 전율한다. 그동안 꼼짝없이 처박혀만 있어 뻐근하던 몸이, 민아가 발에 힘을 줄 때마다 개운하게 풀린다. 뻣뻣하던 세포마다 생동감이 꼬약거려 서랍은 희열에 넘친다.

민아가 죽 그릇을 채워 민규에게 넘겨준다.
그러면 민규가 차분히 옮겨 식탁의 접시 위에 내려놓는다.
민아가 맡기는 소소한 일에 정신을 모아 힘을 기울이고 하나

하나 해내는 순간, 민규 심장은 안정되게 뛴다. 만에 하나 귀중한 음식을 엎지를까 봐 민규는 초집중하고, 자기 앞에 죽이 날라질 때면 저마다 깊은숨을 들이쉰다.

마침내 모두가 무거운 눈을 떴다.

오래전부터 줄곧 눈을 뜨고 있던 이들은, 아이들의 행동에도 음식에도 별 변동이 없다. 겹쳐진 여자의 머리가 되처 의자를 뒤덮었고 바닥에 물이 고였을 뿐. 오래전부터 어둠 속에 앉아 있던 이들은, 램프에 불이 켜졌을 때조차 예사로운 태도였다. 민규가 음식을 나르다 말고 "바닥에서 물이 새나 봐?"라며 밀걸레로 물을 훔칠 때도, 겹쳐진 여자는 일관되게 발을 들어 주지 않았다. 민규는 여자 발까지 쓱쓱 문질렀다. 왠지 바닥이 고르지 않은 것 같아서 보도블록이 떠올랐다.

아홉 그릇을 푸고 나니, 반 그릇가량의 죽이 남는다.

"나머지 네 개는?"

"갖다 놔. 어차피 푼걸 뭐."

민아 지시에 따라 음식을 나르다 말고 민규가 뒤돈다.

"수키 건?"

"접시 하나만."

민규가 자신의 죽 그릇 아래에 놓인 접시를 빼고 민아가 거기에다 남은 죽을 담는다. 호수를 통째 품은 듯하던 솥이 깨끗이 비었다.

휴!

드디어 몸이 가뜬해진 솥이 해방감에 젖어 숨을 터뜨린다. 그러자 개가 귀를 뒤로 빠짝 잦뜨리며 경계한다. 민아는 국자를 빈 솥에 밀어 넣고 뚜껑을 야무지게 닫는다. 자신을 지르밟던 민아가 내려서자, 서랍은 아쉬움에 뿌르르 팽창했다 수축한다. 나이테 무늬가 느슨해졌다 조밀해진다. 개 눈이 땡그래지고 목덜미 털이 부푼다. 서랍은 이렇게 빈 채로 있고 싶지만, 안타깝게도 민아는 그 바람을 알아채지 못한다. 서랍도 민아의 관성적인 두려움을 모르긴 마찬가지다. 그러니 섭섭해할밖에.

바깥에선 아무리 뒤죽박죽이어도 무탈하지만, 민아는 닫힌 공간에선 다르다. 어질러진 물건만 봐도 심장이 뚝딱댄다. 서랍을 발딱 뒤집어 서랍장에 끼운다. 즉각 물건들을 제자리에 두고 서랍을 닫는다. 수류탄이나 총기는 필히 무기고 깊숙이 보관해야 안전하다는 듯이.

식탁 아래에서 바들대는 개 앞에 민규가 접시를 놔 준다. 그런데 혀를 댈 생각도 안 한다. 급기야 주둥이까지 돌린다. 민규는 더럭 불안해진다.

"이거…… 먹어도 되는 걸까?"

"먹어도 되냐니?"

민아 고개가 갸웃한다. 지금껏 음식이 눈앞에 보이면, 그게 뭐든 배를 채우는 데 급급했다. 무엇으로든 충전해야 했고, 소화도 잘 해야만 했다. 그랬건만, 음식을 두고 의심이나 품고 망설이는 민규가 낯설다. 김이 모락거리는 죽 앞에서 모두가 아이들이 자리에 앉기만 기다린다.

은빛 만찬

언 남자는 더뻑 그릇째 들어 뜨거운 죽을 들이켰다. 그건 다른 이들이 숟갈을 쥐기도 전에 벌어진 일이다. 그러곤 이전처럼 원통해하는 남자 눈이 정면의 심장을 조준한다. 그러자, 죽을 끓인 자의 휑한 심장이 검게 차오른다.
"아홉 개씩이나?"
진숙이 묻자, 민아가 떨어지는 콧물을 소매로 닦는다.
"흡, 그냥 그래 봤는데요. 다 푸고 나니깐 죽도 딱 그만큼이던데요?"

"빈자리에다 음식을…… 꼭 젯밥 같구먼."

상필이 목에 잠긴 소리를 내며 넌지시 둘러본다. 다들 멍멍히 죽 그릇만 내려다본다. 어찌나 영롱한 빛깔인지, 납덩이 같은 얼굴마다 은빛 잔무늬가 아롱거린다. 의자 등받이에 걸어 둔 배낭에서 상필이 불쑥 내용물을 끄집어낸다. 베갯잇을 채운 수건들을 빼내고 비닐봉지를 풀더니 유골함까지 꺼낸다. 입술만 잘근잘근 씹다 헛기침한다.

"저, 제 조카도 같이 먹어도 될지……."

말끝을 도사리고 침만 꼴깍거린다.

샛눈으로 그를 주시하던 진숙이 깍지 낀 손에 턱을 괸다.

"그래요. 남는 음식이 이렇게나 많은데."

상필은 유골함만 옆자리의 그릇 앞에 놓고 나머지는 배낭에 담는다. 죽 그릇에 경건히 숟갈을 꽂는다. 쓰러지지 않게 그릇 가장자리에 기대어 둔다.

그 광경을 윤오가 떨떠름한 눈빛으로 흘깃한다. 식탁이 졸지에 제사상이 되었다고 여긴다. 상필의 괴상한 행동에 아이들이 흘끔흘끔 눈길을 주고받는다. 곧 똑같은 결론에 도달한다. 눈보라로 할아버지 머리가 고장 났다고. 나무 상자를 조카로 착각할 정도면 상태가 무지 심각하다고.

진숙이 우선 냄새를 맡는다. 한 숟갈 떠서 핥고 머리를 갸우뚱한다. 숟갈에 남은 죽을 마저 먹는다. 한 숟갈 더 삼킨 뒤에야 식탁 아래에 쪼그린다. 아직까지 접시에 코끝도 대지 않은 개에게, 죽을 손에 묻혀 대 준다.

"숙희? 먹고 기운 차려야지?"

마지못해 개가 손을 핥곤 비로소 의심을 푼다. 개가 접시를 추룹추룹 핥는 소리가 고요한 부엌에 울린다. 죽을 끓인 자는 은비버섯죽이 개의 몸에 퍼짐에 따라 황홀감에 젖는다. 개의 꼬리가 조금조금 일어서고 살랑이자, 죽을 끓인 자의 가슴에도 잔잔한 파문이 인다. 개가 원기를 회복해 가고 떨림도 잦아들자, 진숙이 착석하며 양손을 맞쥔다.

"듭시다!"

급식 종소리라도 들은 양 모두가 숟갈을 든다.

은비버섯의 몸빛이 풍요로이 어린 만찬.

은빛 만찬이 시작된다.

척! 폭! 쏙!

제각각의 방식으로 숟갈을 다룬다.

형태가 같은 순갈들은 인간의 각기 다른 방식마다 곧 순응한다.

쌍둥이는 똑같이 순갈로 죽을 저으며 호호 분다. 맞은편의 겹쳐진 여자는 물방울이 뚝뚝 떨어지는 손으로 첫술을 뜬다. 순갈을 입에서 떼자마자, 가슴에 뭉쳤던 단단하고 차가운 숨을 내뿜는다. 내장을 쪼그라뜨리는 송연함에 민아가 몸을 오그린다. 창문이 열렸나 싶어서 목만 쪽 빼고 건너다본다. 닫힌 창문 너머로 눈이 희뜩희뜩 흩날린다. 검은 도화지에 흰 물감이 점점이 흩어진다. 음식을 손에 쥐고 뜨듯한 데서 보는 눈은 포근한 솜처럼 느껴진다. 아까와는 영 딴판인 눈이 민아는 신기롭다. 완전히 다른 물질 같다. 처지에 따라 달리 감각되는 눈을 구경한다. 태어나서 처음으로 순수하게 눈을 감상한다. 눈의 자태에 마음을 빼앗긴다. 아, 름, 답, 다, 고 처음으로 중얼거린다. 창밖 풍경에서 시선을 거두다가 옆자리를 할끗한다. 일일연속극 주인공같이 윤오가 소리 없이 눈물지으며 죽을 떠먹고 있다.

"아저씨 많이 아파요?"

끝내 윤오가 울컥한다.

지하철에서 아이에게 한마디도 건네지 않은 게 떠올라 얼굴에 경련까지 인다. 들키고 싶지 않으나, 제멋대로 터져 나오는 감정을 감출 여력이 없다. 죽의 향과 맛을 견디기조차 힘겹다. 먹으면 먹을수록, 뜻 모를 부끄러움으로 들끓는 심연에 곤두박인다. 그럼에도 숟갈질을 멈추지 못한다. 숟갈이 속력을 내어 그를 움직인다. 죽 그릇에서 뭔가 엄청난 힘으로 그를 잡아당긴다. 늪 같은 죽에 함몰됐다. 그 안에서 허우적대며 헤어나지 못한다.

불현듯 지독한 약 냄새가 끼친다.

윤오 옆의 시든 남자가 입을 벌렸기 때문이다. 그러자 건너편의 진숙이 코를 벌름거린다. 익숙하긴 한데, 무슨 냄새인지 도통 기억나지 않는다. 몇 번을 그러다가 죽을 떠먹는다. 수십 년간 케이크만 먹은 그녀에겐 그지없이 생소한 맛이다. 진숙이라는 케이크와 은비버섯의 몸이 만든 죽이, 그녀 안에서 서로 스미고 뭉친다. 무엇으로 탄생할지 모를 반죽이 된다.

그 곁의 상필은 내내 조마로운 모습이다. 규칙적으로 물 듣는 소리가 끊이질 않고 습한 기운까지 몸을 파고든다. 계속

신경이 쓰인다. 물 새는 수도꼭지 밑의 스펀지가 된 기분이다. 하지만 세세히 살펴봐도, 생전의 조카처럼 다소곳이 자리한 유골함뿐이다.

죽을 끓인 자도 비로소 죽을 입에 들인다. 이것이 바로 너의 맛이었구나, 감동하며 은비버섯의 몸을 하나씩 하나씩 복기한다. 은빛이 찬연하던 버섯의 몸을. 아낌없이 자신에게 내준 그 작고 여린 몸을.

"난요, 꿈을 꿔요. 똑같은 꿈을 날마다요."
뜬금없는 민규 말에 모두가 "꿈?" 하며 들뜬다. 다들 자신의 꿈을 더듬기도, 누군가에게 꿈 얘기를 털어놓기도, 꿈이란 말을 소리 내기도, 퍽이나 오래된 일이다. 게다가 아이의 꿈이라니. 너나없이 반긴다. 그렇지만 작은 목소리는 거기서 멎고 이어지지 않는다. 들키면 안 될 물질이라도 꺼낸 듯 아이의 입이 꾹 닫혔다.
"똑같은 꿈?"
진숙이 초롱해진 눈과 밝은 음성으로 민규를 북돋는다.
"상자…… 상자가 있어요. 나무로 된 상자. 으음, 저렇게 나무로 된 상자요."

작은 손가락이 쪼뺏쪼뺏 가리킨 방향으로 모두가 얼굴을 돌린다. 유골함에 시선이 모인다.

"딱 내 크기예요."

작은 목소리가 울리자, 다들 반가이 유골함에서 시선을 돌리고 아이를 본다.

"머리를 이렇게 꽉 숙이고요, 무릎을 굽히고 쭈그려 앉으면 꽉 차는 크기요. 거기에 날마다 갇혀요. 민아는 '이건 꿈이야!' 외치면 바로 깼댔거든요. 근데요, 꿈에선 나한테 입이 없어요. 소리칠 수가 없어요. 아 소리도 못 내요. 너무너무 숨이 막혀서 입을 벌리고 싶어도, 벌릴 입이 없어요. 그러고 있다 보면요, 상자에 갇힌 게 아니라요, 내가 내 몸에 갇힌 거 같아요. 그런 꿈을, 그런 꿈을 왜 날마다 꾸나요?"

같은 부품이 파손된 장난감들처럼 모두가 죽 그릇에 눈을 떨군다. 못 들은 체하고 도망치고픈 얼굴들이다. 저마다 자기 크기의 나무 상자에 구겨 박힌 표정이 됐다. 겹쳐진 여자의 노쇠한 반쪽이 유일하게 입을 열었고 부엌의 불빛이 살짝 흔들렸다. 그러나 민규는 아무 소리도 듣지 못했다. 그녀가 낸 물리적인 소리는 어마어마한 장벽을 통과해야 했으므로, 민규에게까지 들리기엔 무리였다. 램프의 불꽃만이 그 스산한 파동에 반응했을 따름이다.

평온해진 개는 바닥에 납작 엎드린다.
나른한 머리를 앞발에 파묻고 눈을 감는다. 부엌의 낯선 시간이나 낯선 공기나 낯선 존재들 따위로 더는 동요하지 않는다. 은비버섯을 있는 그대로 온몸으로 받아들이고 융화한 개는, 이제 꿈을 꾸고프다. 그래야 마땅할 시간이라고 여긴다.
꿈을 꿔야 할 시간.
개의 가만한 숨결이 식탁 아래로 흐르고 잇따라 폐가도 심호흡한다. 폐가는 개의 꿈에 훅 빨려 든다. 개는 자신의 꿈에 허락도 없이 들어온 폐가까지 넉넉한 마음으로 받아들인다. 폐가는 개의 꿈으로 흥분한다. 새뽀얀 꼬리털을 휘날리며 호숫가를 질주하는 개를 따라, 폐가도 쏟아지는 빛줄기 사이를 겅중겅중 뛴다. 지금껏 들판 한가운데에 줄곧 붙박여 있던 폐가로선 처음 누리는 활기다. 감정이 북받친 나머지, 꿈의 경계를 벗어난 지점에서 경솔하게도 몸을 와락 흔든다. 그

통에 부엌 창까지 떨려 모두가 창문을 본다.

그렇게, 잊고 있던 눈을 다 함께 감상한다.

모두의 시선을 한 몸에 받은 눈이 마음껏 기량을 뽐내며 장엄한 설경을 펼쳐 준다. 하지만 같은 설경을 보면서도 하나같이 딴 데로 튀었다. 현재는 뒤로한 채, 저마다 다른 과거의 설경 속을 표류한다. 눈은 현기증에 시달리고 만다. 힘이 빠진 눈발을 결국 댑바람이 휘몰아쳐 일으켜 세운다.

은비버섯의 여행

이번이 마지막 생이라고 나는 자신했었지.

한데, 심장도 없이 강에 던져지고도 모든 걸 감각하던 그 야릇한 현상이 또 시작됐어. 불과 맞붙은 솥 안에서 내 몸이 끓었겠지. 그동안의 일은 기억에 없어. 그렇대도, 죽이 되는 과정이 고통스럽지 않았다고 장담할 순 없겠지. 부러 기억에서 지웠을지도 모르니.

갈기갈기 찢기고 푹 익어 물크러진 나는, 열한 개의 존재 속을 떠도는 중이야. 인제 버섯도 아니고 버섯죽으로 말이지.

혼란스러운 여행이야. 담기는 곳에 따라 내 형태가 면면히 바뀌어서 아찔아찔해. 우묵한 그릇과 납작한 접시에 담긴 찰나, 내 존재를 또다시 미미하게 느꼈지만 곧 느낌이 흐려졌어. 모든 감각이 날카로이 살아난 건 그때부터였어. 누군가의 텁텁한 입속으로 옮겨진 바로 그 순간.

최초로 나를 단숨에 털어 넣은 자가 있었지.
그자의 몸을 메운, 격분에 찬 액체의 급류에 휘말렸어. 나는 이루 말할 수 없이 오염됐어. 반사적으로 정화하고자 했으나, 힘써볼 겨를도 없이 썩었어. 내 힘으로는 어림도 없는 폭력적인 더러움이었으니까.

여자아이의 몸에 담기자마자, 나는 아이의 죄책감에 퐁당 빠졌어.
귀가 물어뜯기는 엄마를 앞에 두고도 그저 보고만 있던 시간. 그때로 자꾸자꾸 자기를 몰아갔어. 같은 질문만 되뇌었어. 그때 왜 아빠를 말리지 않았을까 하고. 말리긴커녕 숨죽이고 굳어 있던 그날의 자신으로 되돌아갔어. 아이 몸은 온

통 염증투성이였어. 위벽이 어찌나 헐었는지, 내가 한 방울 닿자 아이는 몸을 움츠렸어. 엉망진창인 위벽에 아연히 계단이 생겨났어.

길고 가파른 계단.

조그만 아이 속에 더 조그만 아이가 있었어. 계단만 올려다보면서. 늘어뜨린 팔 끝이 파들파들 떨렸어. 나는 살그머니 아이 손을 잡았어. 어쩐지 그래야 할 것 같았거든.

한 계단 오르고 숨 쉬고

한 계단 오르고 숨 쉬고

그렇게 아이랑 계단을 올랐어. 드디어 우리는 빛이 보이는 곳까지 다다랐어. 혓바늘로 빨긋한 혀 위를 함께 걸어갔어. 아이를 입 밖으로 살며시 내보냈어. 마지막 숟갈에 담겨 내가 아이 목을 통과할 때, 끈덕지게도 아이는 또다시 집으로 나를 데려갔어. 포탄이나 다름없는 고성과 욕설과 분노로 뒤흔들리는 전쟁터 같은 집으로. 귀에서 피를 철철 흘리며 구석에 웅크린 엄마를 아이는 멀거니 바라만 봤어. 엄마 앞에는 장갑차처럼 보이는 인간이 버티고 있었고. 그녀를 또 짓뭉개려 호시탐탐 노리면서. 쾅! 포탄이 터지고 싸아아아아

소리가 아이 머릿속에 사선을 내그으며 남았어. 그 소리는 작아지기만 할 뿐 말끔히 지워지지 않았어.

피폐한 아이 몸에 나는 산산이 흩어졌고 이미 힘이 쇠한 상태였지. 한데 생명이 꺼질 듯하던 아이가 나를 이끌었어. 어딘가에 나를 담고자 열망했어. 사방팔방으로 널브러진 나를 샅샅이 긁어모았어. 딱 한 줌. 먼저 자기 머리로 옮겼어. 하지만 곧 가슴으로 옮겼어. 갈팡거렸어.

나는 또르르 이동했어.

아이의 두 종아리에 머물렀어. 단 한 번도 선물다운 선물을 받아 보지 못한 아이에게, 작으나마 선물이 되고 싶었어. 아이가 기뻐할 선물. 해서 나는 근육으로 스몄어. 가늘고 하얀 힘줄이 질겨지고 질겨지게. 뻥! 축구공을 높이높이 차올리게.

남자아이는 내가 혀에 스치기가 무섭게 나를 밀쳤어.

나는 덴겁해 혀에 몸을 붙였어. 밖으로 흘러 나가지 않으려 버둥질했어. 다행히도 아이는 안간힘을 써서 나를 목구멍으로 넘겼어. 내 향이나 맛이 아니라 재질이 문제였던 거야. 아이는 나를 역겨운 시간 속으로 처넣었어. 비슷한 재질의 음식을 억지로 먹던 시간 속으로. 나도 달아나고 싶을 정도로 고약한 맛이었어.

기필코 영혼까지 더럽힐 물질의 맛.

그건 할머니가 매일없이 주던 유일한 음식이었어. 엄마가 사라지고 나서 고모가 오기 전의 일이었지. 아이는 배탈이 나도 그걸 또 먹어야만 했어. 헛구역질이 날 만큼 배가 고팠으니까. 먹을 거라곤 그것뿐이었으니까. 바로 그 음식이 죽이었거든. 보이는 대로 마구 집어넣고 끓인 죽. 색색으로 곰팡이가 슨 채소, 찬밥, 소시지에, 때로 고무지우개까지 함께 끓인 죽. 먹다가 중간중간 흰 머리칼을 입에서 꺼내야 하던 죽. 나 혼자 힘으로는 감당이 안 됐어. 하는 수 없이 사슴의 시간으로 아이를 데려갔어. 한순간 내게 담겼다 훌훌히 떠난 사슴의 시간으로.

멀리 숲에서 꽃비를 맞으며 사슴이 잠들어 있었어.

그 모습을 보자마자 아이는 날듯이 달려갔어. 양손으로 사슴 볼을 감싸더니 서슴없이 눈을 핥았어. 사슴도 자기 눈을 순순히 내줬고. 귀 하나가 뜯긴 사슴이었어. 사나운 짐승한테 물어뜯긴 거겠지. 아이가 실컷 핥고 나자, 사슴이 아이 뺨에 자기 뺨을 비볐어. 둘이 꽃비에 젖어 들 때까지 나는 그들 안에서 기다렸어. 빗물로 이어진 둘의 몸을 오가며 나는 슬며시 소화됐어.

노인은 아무렇게나 죽을 퍽퍽 퍼 넣었어.
내 맛도 향도 느끼지 못하는 채로. 조카 유골함에 온 마음이 쏠려서 나를 음미할 겨를도 없었으니까. 기가 막힌 노릇이었지. 백일 년에 걸쳐 이룬 내 몸을 그리 허투루 대하다니 말이야.
나는 소리쳤어. 당신은 황상필입니다. 그만, 황상필로 돌아오십시오! 하지만 그는 황상필로 살아 본 지가 원체 오래돼서, 내 파동을 느끼지도 못했어. 조카 방에 틀어박혀서 녹슨 못이나 셀 생각일랑 하지도 마십시오! 그의 몸속에서 요동쳐 봤자, 내 울림을 감지하지 못했지. 교착상태에 빠져선 갈수록 암울해졌지.
어쩔 도리 없이 나는 모조리 흡수했어. 그의 내면에 고인 구정물과 녹슨 못들까지 하나도 남김없이. 그런 뒤 내 몸을 정화했어. 그러고 나서야 노인은 유골함에서 눈길을 거뒀어.

혀에 감도는 나를 맛봤어.

깊은 달콤함에 몸을 떨었어.

달콤한 눈물을 흘렸어.

환락했어.

그제야 오롯이 황상필로서 즐겼어.

노파 입술에 닿자, 나는 케이크가 되어 질주했어.

막힘없이 쭉 뻗은 길을 내달렸어. 그건 색다른 청량감과 부드러움이었어. 혹여 다음 생이 기다린다면, 그 여인의 배에 그날그날 담길 케이크이기를 바랐어. 그 정도로 반했지. 한데 질주하던 도중 변을 당했어.

케이크가 딱딱한 알약으로 변했어.

목으로 넘기기도 어려운 타원형의 큼지막한 알약. 노파가 나를 더 떠넣지 않은 바람에 나는 힘쓸 수가 없었어. 나는 알약에 갇혔어. 속히 케이크가 되기를 염원했어. 해서 마구 진동했어. 아무도 케이크를 이길 수 없다고, 심지어 나 같은 존재도 이토록 케이크에 혹하는데, 당신이 뭘 할 수 있었겠느냐고 소리를 울렸어. 이윽고 노파는 나를 다시 들여보냈어. 그렇지만 내 몸부림도 말짱 헛짓이었지. 노파는 삼키는 나마다 알약으로 만들었으니까.

죄악감이 고체화된 끔찍한 맛의 알약.

호수를 감싸안은 너그러운 산에게 도움을 청했지만, 호수와 매한가지로 손사래를 쳤어. 그런 딴딴한 알약을 깨뜨릴 힘이 자기에겐 없다며 말이야. 따라서 만년설을 머리에 이고 사는 머나먼 산에게 손을 내밀었어. 그러나 돌아온 답은 같았어. 그런 알약은 스스로 깨지 않는 한 거푸거푸 생겨날 거라고.

다친 남자의 눈물이 흘러들어 내게 짠맛이 스미니, 내 몸의 단맛이 최고도로 살아났어. 남자는 눈물지으면서도 인상을 발칵 찌푸렸어.

그의 몸속에 담기니, 새 한 마리가 보였어.

물색 날개가 커다란 새가 창공을 힘겨이 비행하는데 문득 남자 음성이 들렸어. 어조가 연이어 바뀌는 음성. 처음에는 인자한 어머니처럼 말했어. 날개를 접고 이곳 안락한 땅으로 내려오너라. 새가 꿈쩍도 하지 않자 똑똑한 언니처럼 말했어. 날개가 달렸다고 해서 꼭 힘들게 하늘을 날 필요는 없단다. 새가 모르는 척하자 명철한 오빠처럼 말했어. 새라고 해서 반드시 새로 살 필요는 없잖아. 그래도 새가 못 들은 척하자, 그 모든 목소리가 합쳐지면서 무당의 카랑카랑한 소리를 냈어. 이곳에 와야만 무사하다!

끝없이 메아리치는 요사스러운 소음에 새는 몸부림했어. 그러다 그만 제 갈 길의 정반대로 방향을 틀고 말았어. 날아온 새를 보자, 기다렸다는 듯이 남자 위장이 꿈틀댔어. 그러며 날개를 뚝뚝 거침없이 뜯었어. 피를 흘리며 새는 넋을 잃고 앉아만 있었어. 또 남자 목소리가 들렸어. 마치 자비라도 베푸는 듯한 목소리.

자 날아, 이 속에서!

나는 그의 위장을 견딜 수가 없었어. 나를 토하길 바랐어. 사력을 다해 허우적댔어. 남자는 내 발버둥에는 아무런 감응도 없다가 급작스레 악썼어. 네가 날아왔잖아! 내가 유혹해도 오지 말고 끝까지 버텼어야지! 분노했어.

그러자 나의 단맛이 월컥 일렁이며 소리를 울렸어. 남은 생 동안 당신은 이 한 가지에만 열중할지어다! 어리석게 나불

대는 그 혀를 단속하라! 당신이 날개를 함부로 뜯은 자리의 상처는 결코 아물지 않는다! 뜯긴 날개는 다시는 돋지 않음을 절대 잊지 말지어다! 그 일렁임 끝에 나는 완벽히 쓴맛으로 변했어.

겹쳐진 여자는 첫술을 뜨고 나자 머리가 자라지 않았어. 그들은 동시에 단호히 말했어. 머리가 우쩍우쩍 자라서 번거로웠는데 이것으로 족합니다, 자, 이제 퇴장하십시오.
퇴장이라니!
그들이 배설하지 않는 한, 그 어디로도 갈 수 없는 처지인걸. 나는 그들 몸의 한구석에 잠자코 머물렀어. 그렇게 삭기만을 기다렸어.

시든 남자는 내가 죽이라서 실망했어.
술도 담배도 아니면서 케이크 맛도 안 나다니! 툴툴댔어. 노파의 케이크가 아니었어도 어차피 케이크에 홀딱 빠질 자였어. 케이크를 향한 그의 갈망은 무시무시했어. 그가 목말라할수록 어쩐지 그의 몸에서 술 냄새 담배 냄새가 솔솔 피어났어. 그 순간 헷갈렸지. 그가 갈구하는 것이, 실은 술과 담배라는 느낌이 들었거든. 케이크는 그저 대체용이었을 뿐이고.

나를 퍼먹으면서도 그의 혀는 그악스레 케이크 맛만 찾아 헤맸어. 그런 집착 탓에 나는 튕겨 나갔어. 그의 몸에 스밀 수조차 없었어. 그래야만 치료할 수 있는데 말이야. 온몸에 온갖 병이 퍼져서 성한 데가 없었거든. 그렇대도 나를 받아들일 의지가 전혀 없는 존재에게 나는 무용하잖아. 그의 몸에 맹탕 쌓여야만 했어. 흡수도 안 된 채로.

죽을 끓인 자의 몸에 들어서자, 뜯긴 날개가 보였어.

날개가 뜯긴 새도 보였지.

초라하게 늘어진 날개에 나는 그대로 스몄어.

날개 따위는 더는 의미 없다는 듯이, 날개는 나를 흡입하곤 사르르 녹았어. 머리고 발이고 꽁지깃이고 전부 거추장스럽다는 양, 새는 몸을 흩뜨려 물안개가 됐어. 위장에 담긴 짙푸른 호수에 담담히 내려앉았어.

개가 나를 핥는 동안, 추룹추룹 소리와 더불어 나는 가벼워졌어.

미세해졌어.

투명해졌어.

식사 시간은 누구보다도 짧았지만 소화과정은 가장 길었지. 가볍고 미세하고 투명해진 나는, 개의 꿈에까지 흘러들었어. 빛으로 가득한 꿈이었어. 이윽고 나는 빛이 됐어. 그때 들려왔어. 강과 하늘이 내게 해 주었던 오랜 약속이. 내가 기억하지 못하던 약속이.

너는 이제 그 무엇과도 얽히지 않았다.

다른 존재들 안에서는 그저 흩어졌을 뿐, 여전히 느슨히 또는 팽팽히 연결되어 있던 고리들이, 그 모든 질기디질긴 고리들이 찰나에 끊겼어. 나라고 여기던 것은 마침내 개의 꿈 속에서 모든 엉김으로부터 풀려났어. 나를 에워싼 꿈도 집도 우주도 간단히 흩어졌어. 명료히 사라ㅈ

통과

봄날의 아침 빛이 창에 어리고 꺽! 부엌문이 열린다. 민아와 민규가 문을 통과하자, 지린내가 밴 골목 초입에 서 있다. 어수선한 길바닥을 건너보다가 아이들이 몸을 튼다. 곧장 큰길 쪽으로 발을 내디딘다.

둘이 지난 자리에 물 자국 따위는 없다.

민아는 종아리에, 민규는 혀에 약간의 간지러움과 어색함을 느끼며 큰길을 죽죽 걸어 나간다. 길 끝에서 민아가 허물을 벗듯 외투를 벗어 던진다. 민규도 진녹색 허물을 홀홀 벗고

모퉁이를 돈다. 몸속의 묵직한 물질이 배출됐다고 둘은 느낀다. 그 홀가분함을 즐길 틈도 없이, 저만치서 익숙한 형상이 눈에 눈물처럼 괸다.

파란 비닐 가방을 달랑이며 고모가 목욕탕으로 향한다. 초여름 오전. 내리퍼붓는 빛발에 젖어 가느다래진 고모가 차츰 작아진다. 아이들은 마음속에 그린다. 김이 모락거리는 물에 고모가 퍼석퍼석한 몸을 미끄러뜨리는 모습을. 고모 얼굴에 표정을 그려 넣으려다 말고 둘이 머뭇한다. 체급이 월등히 높은 선수한테 얻어터진 권투 선수가 기억나서이다. 세상이라는 선수한테 주먹 한번 제대로 뻗어 보지 못하고, 내리처맞기만 한 선수. 그런 선수를 아이들은 늘 보기에, 그 얼굴이라면 매우 잘 안다. 하지만 차마 눈 하나 그리지 못하고 맥없이 돌아선다. 그러는 아이들을 드론이 우웅! 우웅! 난폭하게 휘돌다 내뺀다. 전기톱에 베인 듯 아이들이 새하얗게 얼어붙었다 풀린다.

집.

집으로 발을 옮긴다.

지금쯤 조갈이 나서 하마처럼 물병을 빨고 있을 할머니가,

술이 오르면 아무한테나 구경났느냐며 따지는 할머니가, 아이들 머리에 시뻘건 해가 되어 떠오른다. 나날이 어김없이 떠올라 아이들을 비추는 해. 그 빛의 영역에서 결코 자유로워질 수 없는 아이들의 해.

뒤이어 윤오가 부엌문을 나선다. 졸졸 물소리가 은근한 하천의 풀숲에 한쪽 무릎을 세우고 앉는다. 다섯 장의 잎이 기름기름한 풀을 뽑는다. 흙을 턴다. 뿌리를 떼어 흐르는 물에 담근다. 가벼이 흔든다. 흙이 물에 가벼이 풀린다. 깨끗해지는 뿌리에 그의 마음도 풀린다. 이제 맑아진 뿌리를 씹는다. 얼굴이 바로 꾸겨진다. 조끼 주머니에서 천 가방을 꺼내 풀을 담는다.
"저 물고기 좀 봐요, 물고기, 아저씨!"
떠드는 여자한테 윤오가 차갑게 등을 돌린다. 그러자 "미친 새끼!"가 그의 등짝에 날아와 꽂힌다. 떫은 낯빛이 되어 그는 천변에서 이탈하는 길로 접어든다. 이 풀은 과연 어떤 재료에 속하는지 분류하고자 머리를 굴린다. 이 풀로 만들 음식에 붙일 이름도 고민한다. 그렇지만 이미 모든 경계선을

통과

지운 풀이기에, 그는 분류와 명명에 실패한다. 이따위 이도 저도 아닌 풀로, 어째서 자기가 음식을 지으려는 건지 도무지 알 수 없다. 더욱더 언짢아진 낯으로 식당에 들어선다. 한편이 썰렁하다.

원래 무엇이 차지하던 자리인지 기억나지 않는다.

새까만 비닐 덮개를 보면서도, 자신이 무엇을 치웠는지 모른다. 반대편 식탁에 어질러진 케이크 상자와 숟갈, 오만 원권 지폐들도 낯설 따름이다. 돈을 세어 보곤, 자기 인생에서 오십만 원어치의 뭔가를 없앴나 보다고 여긴다. 숟갈은 개수통에, 지폐는 현금통에, 상자는 일반 쓰레기통에 각각 분류해 담는다. 흐린 낯이 다소 갠다. 쓰레기통 옆에서 노란 안전모를 보자, 얼굴에 매서운 비바람이 친다. 플라스틱, 내피, 스티로폼 등등 부위마다 재질이 다르다. 제아무리 분류하기를 즐길지언정, 이걸 수술하듯 일일이 뜯을 생각을 하니 골이 지끈댄다. 일반 쓰레기통에 고대로 투척한다.

유골함을 든 상필이 문을 지나자, 광풍이 일고 뚜껑이 휙 날아간다. 바람은 조카의 뼛가루를 실어 가 삽시간에 호수에 흩뿌린다. 뼛가루가 은빛을 발하며 호수에 내려앉고, 호수는 흔쾌히 뼛가루를 삼킨다. 그 광경을 산마루에서 관조하던 푸른 새들이 부드러이 하강한다. 호수 표면에 닿을락 말락 군무를 펼치며 은빛 파문을 그린다. 건너편 산에서 돌연 휘몰아친 센바람에 상필이 끼우뚱한다. 중심을 잡고 보니 창고 방 앞에 서 있다. 문을 활짝 열고 들어가 날파람스레 짐을 챙겨 나온다. 가뿐한 발걸음으로 자신의 짐만 지고 끌며, 쾨쾨한 골목을 뒤로한다. 한쪽 바퀴가 빠진 짐 가방 역시, 비뚤어진 제 몸에 개의치 않고 탈가닥탈가닥 명랑히 굴러간다. 그 앞으로 자전거가 느긋이 지난다.

"예수님을 믿으세요!"

천사의 회멀건 날개에서 튀어나온 철사가 휙! 상필의 뺨을 할퀴고 멀어진다. 굴러 내리는 핏방울을 손등으로 훔치고 다시 걷는다. 이깟 피 따위로 감상에 젖지 않는다. 걷고 또 걷는다. '사람 살 만한 데'라는 말로 그의 마음을 움직인 인간. 그자가 일하는 곳으로 걷는다. 이제 막 문을 여는 부동산 중개업자가 성가신 소음이 나는 쪽으로 고개를 비튼다. 낌새를 챈 가시눈이 험상스레 일그러지며 갈퀴눈이 된다.

통과

진숙이 개를 품에 안고 부엌에서 나온다. 그러나 개는 바로 뛰어내려 다시 폐가로 내닫는다. 부엌을 향해 소리쳐도, 개는 말긋말긋 진숙을 쳐다볼 뿐 돌아오지 않는다. 찌르릉! 종소리에 놀라 그녀가 머리를 돌리자 새빨간 자전거가 불화살처럼 지난다. 그 통에 건물 외벽에 부딪힌다. 등을 떼고 뒤도니, 제과점 진열대와 마주한다. 두루 살펴본다. 마땅히 있어야 할 게 없는 것 같으나, 그게 뭔지 깜깜하기만 하다. 적이 당황하지만, 속에서 치미는 약 냄새를 지우고자 당근케이크부터 한 조각 주문한다.

남편은 해쳤으나 그녀는 살린 음식을 그 자리에서 먹어 치운다. 약 냄새가 가시면서 몸의 평형을 되찾아 간다. 호주머니에서 냉랭한 신용카드를 꺼내며 머리를 깨웃한다. 같은 케이크를 완전한 형태로 하나 산다. 원통형 당근케이크를 들고 제과점을 나선다.

"어디서 말대답이야!"

보자마자 따진 남자는, 뒤에 오는 여중생에게도 악악댄다. 얼굴에 침이라도 튄 듯, 진숙이 마른세수를 하며 그곳을 벗어난다. 다리가 후들거린다. 노란 삼발이 오토바이와 백색 안전모, 춘애이자 숙희였던 개의 부재를 깨닫기엔 아직 기운이 달린다. 약 냄새를 몸에서 쓸어 내는 데 온 힘이 소진됐다.

개가 바닥에 몸을 뉜다.
부엌 창문으로 그윽하게 비껴드는 빛줄기를 맞으며 가물가물한 상태에 빠진다. 억겁의 시간을 여행한 빛이 흥얼거리는 은밀한 노래에 잠긴다. 진숙과 함께 보낸 그 짧고도 끈끈했던 시간을 음미한다. 등줄기의 검은 점이 슬쩍 부풀었다 꺼진다.
이 순간에 이르려 그녀 품에 버려졌음을 비로소 깨친다.
그녀에게 이르려 거푸 매듭이 풀리고 매였음을.
열 개의 점이 하나가 되려 거푸 흩어지고 합쳐졌음을.
잡힐 듯 말 듯 아련하던 그 연관점을.
슬픔과 기쁨과 만족의 눈물이 흘러 바닥을 적시고 동그란 이름표에 눈물이 맺힌다. 누군가의 무언가의 이름이었던 숙희가 한 방울 한 방울 흐릿해진다.

통과

빛이 나른한 걸음으로 부엌에 들어온다.

빛을 마신 겹쳐진 여자가 발바닥에서부터 치민 깊은숨을 몰아낸다. 푸르레한 물을 쭈룩 흘리며 일어나 문을 지난다. 서서히 둘로 갈라져 각자의 길로 간다. 젊은 여자는 너르게 펼쳐진 호수로. 늙은 여자는 초목이 울창한 숲으로.

젊은 여자의 몸이 점차 바람이 되어 호수에 쓸쓸한 음률을 일으킨다. 그러다가 촤아아! 당찬 울림을 퍼뜨리며 엷고 엷어진다.

들판을 가로지르는 늙은 여자가 걸음걸음이 물방울이 되어 들풀로 스민다. 여자를 마신 풀들이 동그랗게 몸을 키웠다가 누그러지며 초록이 깊어진다. 여자는 숲에 다다르기도 전에 마지막 물방울을 떨군다. 그 한 방울의 물만이 바다를 그리워하며 선들바람에 실려 가 호수에 합류한다. 스며든 한 방울이 천백억 개의 존재와 융합하며 호수의 빛깔이 풍성해진다.

시든 남자는 아직도 문을 나서지 않고 있다.

입맛 다시며 부엌을 뒤진다. 솥 안에는 국자만 너부러져 있고, 부엌엔 먹을거리가 없음을 깨닫는다. 어깨를 늘어뜨리고 나가 우물 앞에 선다. 우물 속에서도 케이크를 찾으려 눈을 밝힌다. 끝 모를 갈망이 그의 눈을 분주하게 한다. 도려내고픈 갈망에 몸이 흔들린다.

언 남자는 마른 입을 짝짝대며 뛰쳐나간다.
목이 바서질 듯이 타서, 우물 앞의 시든 남자를 단박에 밀친다. 그런데 줄이 끊어진 두레박과 텅 빈 우물뿐이다. 언 남자는 우물을 풍비박산 내고픈 충동에 사로잡혀 푸들댄다. 호수가 범람해, 폐가고 숲이고 들판이고 몽땅 쓸어가길 바란다. 우물에 몸을 푹 수그려 욕설을 퍼붓다가 추락하고 만다. 그 비좁은 우물 바닥에 코를 박고 떨어진지라, 사지가 등 뒤로 꺾여 하늘을 향했다.
만개한 네 장의 꽃잎이 됐다.
수십 년째 술병에 감금된 몸이 진회색 꽃으로 피어났다. 억울함이 사그라들지 않아, 굵직굵직한 꽃술마다 부들거린다. 이제 우물을 거주지로 삼게 된 이 꽃에 어떤 꽃말이 붙여질지는, 인간들의 손에 달렸다.

시든 남자는 광란하는 꽃을 굽어보곤 웩웩대며 우물에서 달아난다.

벌판을 허정허정 가로지른다. 다행히도 인간이 아무런 이름도 붙이지 않은 풀들이, 지친 그를 부축한다. 인간의 눈에 가장 하찮아 보일 풀과 그가 하나가 되게 이끈다. 설핏 속박에서 놓여나는 느낌이 들더니, 이내 그런 감각마저 흐려진다. 늙은 여자가 떨구고 간 공감과 융해의 물방울을 마시자, 그토록 그를 괴롭히던 갈망이 녹아 풀어져 차차 가벼이 꺼진다. 수십 년 만에 처음으로 편히 숨 쉰다. 풀잎이 포르르 요동하다 안식한다.

죽을 끓인 자는, 손끝에 감도는 은빛과 손등에 스민 거미를 물끄러미 보다가 몸을 일으킨다. 봄빛을 받아 꼼트락거리는 문을 통과한다. 연달아 완연해지는 여름빛을 뚫고 곧장 산을 향해 성큼성큼 나아간다. 봉우리만 하얀 산을 향해. 거리 따위는 가늠하지 않는다. 그저 의연히 산을 보며 나아간다.
몇 걸음을 디뎠을까.
몸이 점점 낮아진다.

하늘이 점점 높아진다.

다리가 점점 갈라지고 검어진다.

앙상해진 여러 개의 다리로 풀숲을 기어간다. 풀에 가려져 이제 흰 봉우리가 보이지 않는다. 머리를 한껏 쳐든다. 산은 한결 웅장하고 까마득해졌다. 검은 거미는 잔걸음을 이어 간다. 산에 닿으려면 억겁의 시간이 걸릴 것임을 자각하면서도 걸음을 멈추지 않는다.

개를 품은 집은 더 이상 폐가가 아니다.

얽매일 시간도, 막막한 시간도 아닌, 바로 이 생생한 시간을 호흡한다. 집은 개와 포옹해 자신의 형체를 허문다. 개와 더불어 기지개를 켠다. 개를 따라 잠든다. 쌔근거린다. 꿈꾼다.

잠

침실. 눈부신 침대보. 나는 눕는다. 나는 누구인지 무엇인지 알 수 없다. 검은 눈이 깜빡깜빡 닫혔다 열린다. 지금 누가 무엇이 나를 보는가. 서늘하다. 이불. 이불이 있으면 좋겠다고 잠깐 생각한다. 침대 중앙에 옹그린다. 풀을 품은 비누 향이 은은하다. 빳빳한 감촉이 신선하다. 나는 개인가. 꼬리가 있는가. 꼬리라고 할 만한 것이 있다. 갓 생겨난 듯 뜨겁고도 짧은 꼬리. 긴 주둥이도 있다. 날렵한 하나의 선으로 그려질 법한 유려한 몸통에 길고 가느스름한 다리가 넷이나 달렸다.

나는 귀가 하나 없다. 간지럽다. 우둘투둘 찢긴 살점이 조금씩 아물어 간다. 눈에서 따사롭고 촉촉한 혀를 느낀다. 그 보드랍고도 아린 온기를 들이마신다. 나는 꿈이 된다. 녹는다. 지워진다. 이 시간 잠든 누군가의 무언가의 꿈으로 녹아 새파란 분별을 지운다. 나와 누군가와 무언가를 가르는 덧없는 그 선을. 세로선과 가로선이 교차해 모눈을 만들지 못하도록. 걸림 없는 백지가 되도록.

몸빛 만찬 사라ㅈ

초판 1쇄 인쇄	2025년 11월 26일
초판 1쇄 발행	2025년 12월 10일
지은이	임은희
펴낸이	이장우
책임편집	송세아
표지 일러스트	@warm.printer
디자인	theambitious factory
편집 제작	안소라 김소은
관리	김한다 한주연
인쇄	KUMBI PNP
펴낸곳	도서출판 꿈공장플러스
출판등록	제 406-2017-000160호
주소	서울시 성북구 보국문로 16가길 43-20 꿈공장 1층
이메일	ceo@dreambooks.kr
홈페이지	www.dreambooks.kr
인스타그램	@dreambooks.ceo
전화번호	02-6012-2734
팩스	031-624-4527

「이 작품은 경기도, 경기문화재단이 지원하는 2025 경기예술지원 <경기문학 출간지원> 선정작입니다.」

저자 고유의 '글맛'을 위해 맞춤법 및 표현 등은 저자의 스타일을 따릅니다.

이 도서의 판권은 저자와 꿈공장플러스에 있습니다.
이 책은 저작권법에 의해 보호받는 저작물이므로 무단전재와 무단복제를 금합니다.

ISBN	979-11-993697-8-8
정가	17,500원